U0032395

彼岸

田威寧

目次

輯二　物其是依

輯三　時光命題

自序

寧爲女兒

我的第一本散文集《寧視》是「父親之書」，而《彼岸》則是「母親之書」。成長的年月裡，我的家庭始終是離散的，要全家聚在一起，唯有在我的書裡了。

《寧視》出版時，我以爲此生也許不會再見到父親，對母親的記憶也將永遠停格在四歲時模糊的畫面，再沒想到我以爲完結的故事居然有續篇，還補上前傳。

都說「人生無常」，這四個字是直接刻在我的骨頭上的。

我的文章常被歸類爲小說，但我只寫過散文，且對日常生活的質地與人際關係的明暗有著強烈的興趣。我偏愛小津安二郎勝於黑澤明，我偏愛生活中叫不出名字的熟面孔勝於課本裡出現的人名。我知道所有被視爲斬釘截鐵的，必定得略去千瘡百孔的襯裡，我也相信最暖的擁抱與最利的刀鋒都來自家庭。而人最難面對的永遠是自己。

我總是在非寫不可的時刻，才將那些放在心裡帶來帶去找不到地方安放的，一股腦地存在文字裡。我的作品沒有華麗的詞藻、精緻的結構或多元的題材，更沒有深邃的哲理思辨與宏偉的社會關懷，有的只是生命中難言的片刻——那些時刻既驚不了天地，亦泣不了鬼神，但都曾觸動我且爲我所珍重。

《寧視》收錄的篇章是在剛開始寫作的十年間陸陸續續寫成的，結輯成書後，我驚覺若將父親抽去，那本書將失去所有的意義。我也在那時才正視我不僅沒有母親相伴，居然連記憶都沒有——僅存的一兩個影像都模糊到失真，簡直像經過全身馬賽克與變聲的後製處理。因一個偶然的瞬間有了「萬里尋母」的起心動念，我當下即明白屬於《彼岸》的故事於焉開始。

我的父母皆以不告而別的方式淡出，讓我總覺得故事明明早就結束了，卻缺乏真正的句號。當然在父母離開後日子依舊春去秋來，而季節的遞嬗雖沒有布穀鳥報時，卻依舊晃動了心中始終懸著的擺錘。

我的生命史存在的幾個章節，皆以父親的來去作為分界，而母親的部分會被我歸類為史前時期——只存在神話與傳說。身為他們的女兒，我沒有必要更沒有機會改變既定的什麼，但我有機會在兩行中間加上另外一行——那恐怕是唯有我才能留下的註記。由我添上的可能出現難堪的、殘破的、多數人藏之唯恐不及的缺口，只是那些遠兜近轉的皆攸關我的人生，我抱著記史的心情，無法迴避，我只求能寫得更接近真實些。

我的父親與母親都是極其平凡的人，有著凡人的追求與執著，也有著凡人的慾望與軟弱，我無法代他們創造力量，也無意將「無私的愛」的聖潔之冠扣在他們頭上——那對他們太沉重，頭會被壓得看不到路。他們是我的父母，但他們理所當然地擁有自己的人生，我從不認爲這是矛盾或不應當的。我記下的只是關於他們瑣碎且一再重複的事，是那些事讓我看見舞臺後方的人生的質地。我的父母也是極其勇敢的人，從十幾歲開始，各自在最關鍵的幾個時刻，以一人與全世界對弈，即使曾經一敗塗地，最後也未必全盤皆輸。經歷了人生的起承轉合，他們的性格卻始終如一，而我總認爲他們各自活出自己極其精彩而無法被重複的兩輩子。這些年我最常做的事，就是拿自己和父母同齡時的際遇對照，總襯出自己的乏善足述。但我畢竟是他們的女兒，他們的快樂與煩憂、脆弱與堅強理直氣壯地淌在我的血液裡，並將陪我走到人生的盡頭。

父親以自己的步伐行走，走到哪裡，風雨就到哪裡，我在風風雨雨中長途跋涉，走出樹林時，山的那頭和陽光同時出現的彩虹是一路風雨的見證。我將那些與父親共度的時光以文字保存下來，那些片段如碎鑽，在記憶底層閃著光。當我一一收集綴補，卻發現父親早已編織出另一片風景，而那片風景我進不去，也帶不走，僅能遠遠地望著。

我很早就意識到雖爲父母子女，但僅能同行一段。人生之路道阻且長，父親總在某個轉彎處消失，而我總是來不及道別。

父親從不說再見。

母親也沒說再見。

母親以自己的步伐行走。因著泥濘不堪的路，踉踉蹌蹌地弄得她走出樹林時鞋也髒了頭髮也亂了；然而，光是看著她的背影，我便清楚意識到她憂煎勞碌的一生絕非徒勞。

我曾認爲母親也許是女兒一生最大的資產，或是債務。在女兒的人生字典裡，「母親」二字絕對是以大寫出現。

關於擁抱與被擁抱，我是長大後才習得的能力，至今成績不佳。母親在我未解人事時離開，而我在看過許多無解的母女習題之後，我發現我根本沒出現在應試名單上，也許未必是壞事。沒有與生俱來的財與債，這樣赤手空拳無欠無愧的人生，或許有人願意接手也不一定吧？

都說女兒會從母親身上看到自己未來的模樣，但我根本沒有機會看到題目後面附的參考答案。直到幾年前，我下定決心，無論最後分數如何，我終歸要補修這門關於「人之初」的課。只是，缺乏童年時期無條件的陪伴，我對母親既撤不了嬌，亦撒不了潑，終於比肩而坐，整座太平洋仍在肩膀與肩膀間若隱若現。初次造訪母親的家，我看見母親的護照，一掀開封面我就像被針扎了一下——我一直弄錯母親的名字！從小到大在塡寫基本資料卡時，「母親」這欄位從不造成我的困擾，而我當看到母親的名字是「貞」而非「真」的那一刻，我對上命運之神意味深長的眼神。

在全球大疫之前，我已深感命運之不可測，而人的力量是如此渺小，連自認最習於變動的我都不時感到「惘惘的威脅」。於是，我開始有意識地想保留一些什麼。我不妄想一手挽住時間的巨輪，但衷心期待留下父親與母親的故事。我的生命、形貌與性格都來自他們，無論到了幾歲，也永遠有著他們的餘震與餘波。近幾年發生許多無法解釋的偶然與巧合，我意識到我人生的下半場於焉開始。於是，我認眞地描繪並將那些母女與父女相處的時光定格放大。命運是最有權威的導演，父母是最不會背劇本的演員，記憶是最具創意的剪接師，我則是最入戲的觀眾。黑夜裡那些畫面一幕幕地映在腦海，那些牽動我情緒的片段依舊讓我低迴，讓我出神，甚至令我落淚。

推開記憶深處那扇厚重的鐵門，隨著「吱嘎」聲揚起了漫天的灰塵，陽光終於照進長久曬不到的地方。我在周身溫暖中看到許多珍貴的畫面，心搖神動，於是我寫下來，記下那些可愛又可哀的歲月。

在《寧視》與《彼岸》之間，倏忽已八年。已然步入哀樂中年的我卻仍感到自己時時刻刻被疼愛，諸多美好的人領我走到流著奶與蜜的地方。謝謝姑姑與姊姊永遠無條件的滿滿的愛。謝謝彭自強與陳美桂老師，我的母親在夏威夷，但我在臺北有兩個媽媽，兩個媽媽對我全然的呵護與各種無條件的幫助，我今生無以爲報。謝謝寶珠阿姨在夏威夷盡心盡力地幫助我的母親。謝謝鄭秀逸家二十多年來作爲我的另一個家。謝謝鄭毓瑜老師與柯裕棻老師成爲我的精神導師，我一直一直很努力，只爲了能做到老師的千分之一。謝謝我的同事們，我總給大家添麻煩卻總受到各種照顧。我從不覺得自己是在上班，而是像許多年前一樣，每天開心地來上學。謝謝這些年陪伴我一起成長的少女們，少女們給我的，絕對遠多於她們從我這裡得到的。我每日看見的是最好年齡的澄澈的眼睛與真摯的靈魂，見證以無比認真的神情說著傻話的時刻，分享此生不會再有的悸動。還要謝謝諸多我放在心上，但沒能一一提到的人，我曾收到的溫暖，是不會忘記的。

這本書沒能親手送給尉天驄老師，也沒趕上「愛玲愛玲年」，是我莫大的遺憾，但也正因延宕了這些時日，使我擁有另一些珍貴的緣分。感謝陳逸華與李時雍爲此書付出的心力，若沒有時雍的邀約與鼓勵，在夏威夷與母親共處的時光可能不會從一段記憶變成一個專欄，進而成爲一本書。感謝董柏廷接手讓此書終於離開母體，安穩地睡在搖籃裡。遇到細心、用心與真心的柏廷，是《彼岸》與我的福氣。最後還要謝謝行銷李邠如，是滿滿專業與母愛的邠如讓《彼岸》能吸引更多艘小船停泊。

父親的日月與母親的歡愁一幕幕投映在夏日光影中，窗外的「知了」「知了」劈頭罩了下來，層層疊疊，有他們走過的路，也有我的人生，我應當是快樂的。

輯一

海的彼端

家族聚餐

自有記憶以來，「夏威夷」就和「母親」連結在一起。我的母系家族在一九八〇年代初期移民到夏威夷檀香山，在我還來不及記得他們時。我沒喊過「外公」、「外婆」，也不知道母親究竟有幾個兄弟姊妹。我一直知道海的彼岸有另一個家，只是那是個謎樣的世界。

在三十七歲的夏天，我和姊姊終於去了夏威夷。抵達夏威夷的頭個晚上，小阿姨在院子裡舉辦家族聚餐，那天發生了不少事，給我的震撼卻遠不如數月前臺北的那次。

那年春天，母親最小的妹妹返臺，帶著不會說中文的華僑先生與獨子認識她成長的地方。小阿姨抵達臺北的第一天，邀我們參加家族聚餐，當晚我「初次」見到大舅和表哥。大舅退休後定居在美國賓州，難得返臺，和許久未見的小妹有幾天重疊，而促成了這次會面。外公外婆來自四川，全家族嗜辣，家族聚餐便約在麻辣火鍋店，爲了遷就我的上班地點與時間，約在西門町。姊姊遠遠看到大舅便轉頭低聲說：「大舅長得好像外公！」我沒有接話，因爲我最後一次看到外公時未滿兩歲，根本不記得外公。

大舅坐在我的斜前方，不時用眼角餘光帶到我和姊姊。聚餐的尾聲，大舅換到我正對面的位置，第一句話就擲來一顆炸彈：「我回來找過你們姊妹，沒找到。我沒想到你們爸爸居然騙我！他不讓我見你們。」我大驚：「你找過我們？什麼時候？」大舅回臺北找我們的那年，我高一，在臺北市中心讀書，離市政府旁的大舅家不算遠。父親居然完全沒有告訴我傳說中的大舅有回臺灣找我們姊妹！大舅的話在我心裡掀起的滔天巨浪無人可想像——我一直以爲我的母系家族認爲我們姊妹不存在，那麼多年來幾乎不聞不問，除了小阿姨多年前曾回來看我們之外，沒有任何其他的聯繫了。和父親相處的二十多年裡，父親對母親的事沒有說明、毫無解釋、沒撒任何謊——父親壓根兒沒提到母親過。和大舅終於說上話時，我才知道原本認知的「母系家族史」並不正確。姑姑告訴我是大舅以廚師身分移民到夏威夷，再把全家都接去的。大舅推翻了這個版本，他說整個夏威夷的故事是從他的大妹，也就是我的大阿姨開始的。但大舅特別坐過來，心心念念想澄清的，顯然是另一件事，關於我的母親的。

大舅深深地吸一口氣，停了幾秒，直視我的眼睛，鄭重地說：「我對不起你們姊妹。一直想找你們，親口向你們說對不起。」白髮長者眼睛一紅，突然哽咽。「三十幾年前，移民法規還不健全，你們的媽媽遇到很多想不到的情況，她是弟弟妹妹裡比較晚出去的，所以當她的終於辦下來之後，要趕快讓她出去，不然怕去不了。可是她不肯吶，說沒有你們兩個，她不走。我說這事交給大哥辦吧，你先去，我會把她們帶過去……」大舅整張臉都漲紅了，聲淚俱下，急忙從西裝褲口袋裡拿出一條深色格紋手帕不斷地揩眼角和鼻子，紅著眼斷斷續續地說：「你媽媽聽了我的話，走了……我當時想……她被你們爸爸弄成精神狀態不好，我想你們知道……」大舅提到我的父親時，眼中的柔和之光頓時消失，幾乎要射出小刀子，過了幾秒才變回原本的眼神。「你們媽媽不會說英文，去那邊會很辛苦的……你們還那麼小，跟著她，她才二十幾歲，帶著你們根本沒有未來，你們也會吃苦……我想，跟著爸爸，爸爸的後面有爺爺，你們爺爺是大官，他的地位不可能讓你們過苦日子……我下飛機，你們媽媽看到我旁邊沒有你們，就知道怎麼了。她那時簡直是瘋了……她後來變成那樣，跟我的決定很有關係。」大舅講話時，所有人都有默契地安靜下來，專心吃東西，東西都吃得差不多了，鍋內卻仍在沸騰翻滾著，鴛鴦鍋的紅湯濺到白湯的那邊，白湯浮了一層紅油。其實整個家族都嗜辣，但畢竟是第一次碰面，誰也不能確定別人的狀況，所以還是突兀地出現了白湯。我忘了先問過大家而逕自關了電磁爐的電源。我和姊姊用草綠色美耐皿調羹反覆地舀著草綠色美耐皿碗裡的湯，卻始終沒拿起調羹，也始終說不出話。我和姊姊沒有眼神的接觸，但我知道我們想的是一樣的。我們的沉默顯然讓大舅感到痛苦，「可是，我眞的想不到你們爸爸是那樣的人，簡直不是人！我後來知道你們跟著爸爸吃了很多苦，是我對不起你們！是大舅作的決定，不要怪媽媽。是大舅錯了！」顫抖著下巴，拿手帕抹去不斷湧出的眼淚，本來耷拉浮腫的眼袋更加腫大了。那一刻，大舅老了十歲。

終於，終於有人爲母親當年的不告而別給了一個解釋。我在心裡不可遏抑地流著淚。在那樣的情況，我們是沒有辦法開口說任何一個字的。在那樣難得的場合，在面對滿頭白髮的痛哭的人，我畢竟沒有讓眼淚掉下來，我甚至努力接了話：「大舅不用這樣想，別再怪自己了。我和姊姊在臺灣很好，眞的，你看我們現在都過得很好啊。我們暑假就會去看媽媽了。」我相信當時我是帶著微笑說的，而姊姊當時也一定是帶著微笑聽的。

當晚我騎著單車，一路哭回家。

出走與回歸

我一直知道「母親」的意思，而不明白「母親」的意義。小時候，我是沒有選擇地成爲沒有母親的小孩；長大後，我選擇繼續當個沒有母親的大人，畢竟沒有母親我依舊過得很好。

小時候又想看到飛機又怕看到飛機，因爲曾有個大人說：「你媽媽是坐飛機走的，所以也得坐飛機才能回來。」幼年的我常仰望天空，而我始終不知母親是在哪一架飛機裡，也不知道飛機究竟會在哪裡降落，於是後來就不喜歡看天空了。剛上小學時，週間午後電視重播《星星知我心》，我和姊姊邊吃蔥燒牛肉泡麵或維力炸醬麵邊盯著電視，有一集讓我眼淚鼻涕直流，姊姊轉頭，露出詫異的表情問：「你在哭什麼呢？」我知道問這話的姊姊正在想念她的母親，而我其實不記得那張模糊的臉，不記得她的聲音，也不記得她的體溫與氣味——我詫異我可以為關於母女分離的電視劇情單純地哭，就只是單純地哭。

母親在我四歲左右離開了，小學時通上了信，航空郵件裡附有她的幾幀近照，我才終於知道母親的樣子，也發現姊姊和我長得不像母親。當年的照片一直存在我的記憶裡，此後的母親始終被定格在三十歲出頭、嬌小豐滿、及肩的髮、大大圓圓的眼睛，笑起來會露出酒窩的甜美女子。多年前的電話中，母親頻頻感嘆在生了妹妹後腰粗了臀闊了，體重幾乎是年輕時候的兩倍，好看的衣服完全穿不下，整個人不好看了。我試圖按照最新資訊更新母親的模樣，但腦海中的母親很快地又回復到我小學時看見的照片。都說眼見爲憑，這話一點不假。

在我和姊姊的成長過程裡，母親選擇澈底地缺席，少了我和姊姊，母親仍然開始了新人生，或者說正是因爲沒有兩個稚齡的女兒，二十幾歲時的母親才得以開始她的新人生。這些年不曾有人告訴我們任何有關母親的事，彷彿世上從來沒有這個人。在沒有彼此的歲月裡，日子依舊春去秋來。

我擁有召喚善意的眼睛，不知什麼叫痛與恨，從小拿到各種漂亮的成績單，每夜又累又滿足地倒頭酣睡。我活出陽光普照被認爲幾乎可成爲勵志書的人生。只是，我總質疑「永恆」與「應當」的概念，本能地避開建立深刻且固定的關係，並拒絕規劃未來——畢竟沒有那些我也過得很好。直到今年春天，一位初識不久的少女在我毫無心理準備的情況下傾訴她母親的事。獨立堅強的少女擁有美麗而任性的母親，母親無疑是愛女兒的，但在很長一段時間裡，少女看不到她的母親，且母親擁有諸多祕密，但都不藏。她以爲女兒還小，女兒不懂那些，殊不知父母總是把孩子想得太愚蠢，而孩子則早早看穿了大人世界那些明明做了卻說不得的。「女兒看到的母親」和「母親想讓女兒看到的母親」根本是兩個人。仲秋的午後陽光灑下淡淡的金黃卻不帶任何暖意，長髮被照成和陽光同樣色澤的少女的瞳孔裡沒有我了，她望著遠方，微微側著頭，淡淡地說：「她是我的母親，我卻不了解她。我想要了解我的母親，不管要多努力。」這話觸動了我，我突然驚覺：若想看見未來，得先尋找過去——我必須回到生命的原初。我曾以爲自己可以完全跳過這個坎，且以此跳躍能力自豪，而再沒想到那是一個深不見底的洞，遠兜近轉地，它始終在那，我閉上眼只是暫時看不見——我不能永遠因爲母親不在而假裝母親不存在——我早已長大，拿得動鏟子了，是時候挽起袖子一鏟一鏟地填平它了。

太平洋的浪拍打的另一座小島上，有我的母親。我得去找她。

我想，到了夏威夷，就可以知道母親的童年與少女時期，知道母親和父親相識相戀相離的過程，知道從未見過面且連長相都不知道的外公外婆是怎麼樣的人；到了夏威夷，就可以知道剛到夏威夷時一句英文都不會的母親是怎麼撐過來的；我想知道母親在哪裡工作，怎麼認識她再婚的對象，想知道她的夢想與遺憾，以及對我的印象。在臺灣，沒人可以告訴我母親的故事。這個給了我生命，理應是我生命中最重要的人，我卻對她一無所知。有些問題我在電話中問了，然而，母親的話語都像是掛在空中，一個個訊息像是一個個小黑點，連成母親的輪廓，而那條輪廓線無論如何都是條虛線。

於是，我和姊姊買了直飛夏威夷的機票——這是過去的三十七年裡，我所作過最重大的決定。訂票當晚，毫無意外地失眠了。之後的幾個月，不時夢見一個熱帶島嶼，那裡有藍天碧海、沒有盡頭的金黃色的沙灘，以及高高的椰子樹，有許多人敧在白色塑膠橫條躺椅上，拿著裝有紅色和橙色果汁的透明玻璃長杯，就著吸管低聲談笑。海浪以一種令人瞌睡的頻率舐著沙灘，嘩嘩嘩——漱——嘩嘩嘩——漱——，我緩緩地走進暖暖的浪的微幅裡，聽見有人以低沉嗓音的中文呼喚我的小名，一轉頭就看見岸上有位穿著孔雀藍連身裙的女人朝我走來，寬簷草帽將她的臉遮去了一大半。我始終看不見她的臉，因爲我每次都在她離我約莫十步遠處驚醒。

驚醒後，就再也睡不回去了。

時差

姊姊有個五歲的兒子，不時纏著姊姊問：「我的外婆呢？每個人都可以坐火車去外婆家，我爲什麼沒有外婆？」姊姊說：「你有外婆，但是外婆家在夏威夷，火車到不了，要搭飛機。」「夏威夷很遠嗎？」「嗯，非常遠，媽媽有一天會帶你去找外婆。」姊姊未曾去過夏威夷，當她第一次產生「大家都有媽媽在身邊，爲什麼我沒有？」的疑問時，幾乎和眼前的男孩一樣年紀。姊姊恐怕連作夢也想不到她會實現這個承諾。

清晨六點抵達夏威夷，小阿姨和她的獨生子已在機場等著。沒有母親的身影，我發現自己鬆了一口氣，因爲我還沒想好見面時的第一句話。小阿姨在副駕駛座轉頭：「你們媽媽在家裡等修水管的工人，晚一點才會來找你們。我打電話問她要不要一起吃早餐好了，她喜歡這家。」「阿仙啊……我接到你女兒了，我帶她們去飲茶，對，那家，要來嗎？我們去接你……好吧，那你忙完再來我家看她們。」聽著如此簡單的單方面的話語，我卻不由自主地湧出一種複雜的情緒，且非常小心眼地想著：原來水管比女兒還重要……

小阿姨帶我們去中國城。當地最有名的茶餐廳看來有點歷史了，裡頭全是華人，廣東話飛來飛去。黝黑精瘦的女子身著黑褲白衫，穿梭於桌與桌之間，及腰高度雙邊把手的不鏽鋼點心推車在我們面前停下，濃眉雙眼皮有抬頭紋上排牙齒略往外斜的服務生一手掀開高高低低的蒸籠蓋，另一手用夾子指著竹編小蒸籠內的點心，以廣東話推銷：「蟹黃燒賣要嗎」、「鳳爪好吧」、「牛肉丸，好吃的啊」。桌面瞬間被擠得滿滿的。小阿姨招呼我們動筷子後，頓了頓，想到什麼似地說：「我和你媽剛來的時候，一句英文都不會講，就在茶樓裡推點心車。推點心車英文不用太好。」我問：「後來呢？」「推點心車錢很少的，都是靠小費。小費要多，得眼明手快，趕快去招呼，但是我和你媽就是沒別人快。來的都是廣東人，我們不會說廣東話。當初來應徵的時候，我和你媽都被刁難了。」「後來呢？」「沒有後來啊，沒做多久老闆就叫我們回家。我們後來開餐館的時候，就絕對不用廣東人！」我記得小時候接到母親的信，信中抱怨過不知多少回在夏威夷遇到種族歧視，但我一直以爲是被美國人欺負，因此我從小就對美國人沒好感，沒想到欺負媽媽的還有廣東人。

阿姨帶我們到 Costco 採買晚上家族聚餐的食材，車子彎過一個社區型購物中心，阿姨轉頭指著加油站旁的藥局：「佳佳以前就開在那，你媽也在裡面幫忙，好幾年喔。」我記得母親的家人曾開過餐廳，但我不知道餐廳名稱，不過，阿姨這麼一講，我的腦海頓時出現母親洗碗和端盤子的畫面，母親以前在信中和電話裡都提過她整天都在洗碗洗碗洗碗，因此要我一定要好好讀書，才能找到好工作，不要和她一樣只能洗碗。我在Costco看到童年時母親最常寄來的Hawaiian Host夏威夷全豆巧克力，小時候千珍萬惜地舔著吃的印象實在太深刻了，這款巧克力和母親是畫上等號的，它也因此成爲我最愛吃的東西。阿姨說：「這裡買最便宜。有折價券時還要便宜。」年輕時的母親應該就是在這裡搬回那些巧克力的吧。回到阿姨家已近中午，我想好的那句話仍沒派上用場。懷著「母親隨時會出現」的心情打開行李箱，將臺灣名產伴手禮分裝成十一袋，給母親的那份和給阿姨、舅舅們的是一樣的。超過二十四小時沒睡的我已無法專心，話都聽不清楚了。阿姨瞄了瞄牆上的時鐘，拿起吧檯上黑色的無線電話：「阿仙啊，你女兒在我家了，你什麼時候來？好吧，等工人修完水管馬上來啊。」意識已經渙散的我心想：水管的確比女兒重要啊……「威威你餓不餓？不餓就先躺一下吧，眼睛都快閉上了。她住很近，她來會叫你。」

迷迷糊糊中有人搖我的手臂，傳來姊姊的聲音：「媽媽來了。」睜開眼時，一位有點陌生又有點面熟的中年婦女坐在床沿看著我。我下意識地知道這人一定是母親。

這人當然是母親。

「我睡著了……」我沒有說出本來想好的話。母親一臉認真地說：「工人遲到，水管每天都得用，不等到他不行。」這應該也不是母親想對我說的第一句話吧。接下來的一個小時，眼前的母親並不比記憶中的清楚多少，她說的話我都要在心中複誦一遍才了解意思。而姊姊則露出我從沒看過的戀戀的眼神，不時地撫摸母親長著厚繭的手掌。母親看我的眼神和看姊姊的不同，她是記得姊姊的，但對我的印象恐怕已經淡到連她自己都不願意相信了，而我不願意證實這點。

我和姊姊各坐在母親的一側，母親開始講遲了三十幾年的床邊故事。五歲的小男孩在門口歪著身子朝房內東張西望，帶著笑問：「她是誰？」「她就是你一直在找的外婆。」「她是我外婆？」「過來讓外婆抱抱你。告訴外婆你叫什麼名字啊？」小男孩扭捏地走了進來，母親抱小男孩的動作非常生疏，和所有我看過的抱孩子的畫面都不一樣，一看就知道不是個抱慣孩子也不是個出自本能溺愛孩子的人。我這才想起剛剛忘記擁抱母親，不過也許是因爲母親先忘了擁抱我。

對照記

剛入職場時，被同事詢問生辰八字，我答不上來。隔幾天恰好接到母親的電話——我想這個疑問，全世界只有母親能告訴我正確答案了，不過，若母親不記得，我也不會覺得意外。都三十年的事了，再加上母親的精神狀況長年都是處於不穩定的狀態……但母親一聽我詢問，立即回答我是幾點幾分在哪家醫院出生的。我詫叫：「怎麼會記得？都那麼久了！」母親非常篤定地重複了方才的答案，且告訴我出生時的體重，幾月幾號幾點幾分，多少公克，清清楚楚，沒有絲毫停頓。「你的和妞的我都記得，這種事沒有一個媽媽會忘記。」母親的話讓我瞬間眼睛一熱。無論如何，她畢竟是我的母親。

在夏威夷的小阿姨家裡，我和姊姊終於見到了母親。從小在電影和電視裡預習過好多次那種戲劇化的一刻，萬萬沒有想到會發生在自己身上。萬里尋母的高潮必定是久別重逢的那幕吧，母女應是淚流滿面無語凝噎，或彼此喊了一聲便相擁痛哭，然後敘說著分離的日子各自發生了什麼吧。然而，那些都是別人的故事。

母親離開臺灣時，姊姊不到七歲，我不到四歲，而今姊姊和我都遠遠超過她離開時的年齡，且兩人都超過一百六十三公分，都留著過胸的長髮。母親看到我們之後，時常不自覺地重複：「要是在路上看到，完全認不出來了啊！」母親將睽違多年的女兒仔細研究了一番，爾後認真地對姊姊說：「妞的雀斑太多了，要防曬啊。」姊姊微笑著點頭。「你騎摩托車，騎摩托車要戴最大的口罩，把整張臉罩住，才不會長斑。知不知道？」反覆強調「如果臺灣買不到超大口罩，要自己做一個，不然斑會越來越多。雀斑這麼多！」母親接著講了自製口罩的方法，講了至少五分鐘。母親是如此認真地指出長女外表的瑕疵，完全沒意識到這是隔了三十多年的重逢，第一次見面張口就是潑長女一桶冰水。我當時想著：一般人在這種場合應該會揀些好聽的說吧⋯⋯輪到我了，「威的臉型像我，像我年輕的時候。」頓了頓，又說：「不過上半臉像他——尤其是那雙色眼。」說這句時，母親幾乎是立即撇過頭去，憎笑。我也算領了半桶冰水。這趟來夏威夷，我注意到每位舅舅和阿姨初次看到我時都露出詫異的表情，接著露出非常不自然的笑容——他們在我的身上看到了父親，儘管沒人說出口。

母親在一小時內講到第三次同樣的內容時，我和姊姊仍是微笑點頭，彷彿每一次都是第一次聽見。在母親現身之前，已有多位阿姨和舅舅提醒我們：「聽你媽講話很累人的，顚三倒四又一直重複，但她現在已經好很多了。」母親又講起那段父親外遇的日子，她看到多少噁心的畫面與受到多少身心的折磨，她忘記那些在電話裡她已經講過好多好多遍。我和姊姊不會嫌煩，因爲那些都是母親的過往，而不是別人的；而且，在面對面的版本裡，母親在我們已知的大綱中又補充了許多細節，正是那些細節讓我向母親反覆確認，因爲實在是太戲劇性了，而我知道她說的是真的——儘管母親口中的禽獸是我的父親。母親完全不會使用技巧，而只是純然白描，油與醋絲毫未添。她是如此急迫地想讓兩個女兒了解她不是狠心的母親，每講完一段，瞳孔就出現一次問號，她必須再三確認我們是否真的沒有怪她離開。

當天洗完澡後夜已深了，姊姊五歲的兒子呈大字睡姿，發出微微的鼾聲，而姊姊和我躺在百葉窗透進的月光中聊天。姊姊先說話了：「我們和媽媽見面好像很平靜，不像電視上演的那樣。」「嗯，我想那是因爲我們並沒有不諒解她。看到她現在過得很好，我們是真的爲她開心。」「我從小就是滿臉雀斑啊……」「對啊，我有記憶以來你就是這樣，小時候每次看到溫娣漢堡的廣告就一定想到你。」原來姊姊和我一樣，不明白母親爲何如此在意雀斑，且姊姊果然非常在意母親的第一句話是講她的雀斑吧。母親居然忘了她的長女從小就是一臉雀斑。

返臺前幾天，應我的要求，小阿姨拿出已積灰塵的老相簿給我看，相簿裡有我和姊姊幼年的模樣。頂著馬桶蓋髮型的姊姊和頭髮像戴一頂鋼盔的我在遊樂園和公園裡笑得好開心，姊姊那時還沒發胖，我也還願意穿白色蕾絲襪和全白的皮鞋。相簿裡的父親居然沒被撕掉，不過，父親二十四歲反不如四十二歲時帥氣，而母親當年的甜美是任何現在看來土氣的髮型也掩蓋不住的。從他們的笑容完全看不出王子和公主的生活早已從「故事」變成「事故」了。我指著一張坐在床上的幼兒照問小阿姨：「這個小朋友是誰？」小阿姨放下正洗著的盤子，用掛在烤箱把手的白毛巾擦乾手後走了過來，看了一眼立即回答：「不是你是誰啊！你那時還不會說話也不會走路，沒看還在吃奶嘴喔。你媽很喜歡給你穿襪子，大熱的天也給你穿。」再看了一下，補充：「這是在我們家拍的。安東一村。」

離開夏威夷的那天，我搭的是半夜起飛的班次，在小阿姨家最後的幾個小時，我拿起老相簿一張一張地翻拍。母親下班來找我時，我仍在拍，母親一看到相簿就驚呼，「都多少年了啊這些！」沒問過我，逕自拿去一路翻了下去，翻到頭髮稀疏的我穿著襪子坐在床上對著鏡頭笑的那張，母親突然停了下來，我的心立刻一震——那張照片果然有故事，而有些事全世界也只有母親能告訴我了。母親把臉湊近，仔細地看了幾秒後，轉頭問小阿姨：「這是誰啊？」

母親的家

來夏威夷一個多星期了，終於等到母親說：「今天來我家吧，來看看媽媽住的地方。」若母親不主動邀請，我和姊姊是絕對不會開口的，即使那是我和姊姊此行最想去的地方——母親再婚後一直居住的地方。

我們住在母親最小的妹妹家，離母親的家只有兩個街口。舅舅們和阿姨們開車時都會帶我們特意經過，指著一棟白色大房子說：「你們媽媽就住在裡頭，那棟房子是我們兄弟姊妹裡最大的，只住三個人，可惜啊……」婚後母親一直住在白房子裡。母親的先生不接納母親的過去，因此我們小時候和母親通信，都是寄到小阿姨家，由小阿姨轉交的。所有人在母親的先生面前守口如瓶，因此他對我們的造訪一無所知。

往右拉開鐵圍欄，可停四輛轎車的前院此刻只有母親的舊淑女車，白色木質的儲物室前是缺口的大瓦罐、幾乎可當兒童游泳池的橘色塑膠盆、經日曬雨淋已褪色的白色塑膠椅，以及一正一反的膠底拖鞋。看到眼睛的景象，我想：母親應該不是個善於持家的女主人吧。母親在領我們來之前，已經反覆強調她下班後非常疲憊，沒有力氣打掃，所以家裡很亂。母親講話一向是認真的神情，但我下意識地將那些當成客氣話——有誰會讓睽違三十多年未見的女兒看到家中凌亂的一面呢？

一進門，迎接我們的是滿屋子淡淡的檜木香，首先映入眼簾的是亂疊著傳單與報紙的五斗櫃，一進客廳最先看到的堆著待摺衣物的ㄇ字型沙發。有天窗的尖尖的屋頂讓房子採光極好，空氣流通，外頭明明是豔陽高照，室內卻不必開冷氣或風扇。木質牆面掛著滿滿的妹妹的照片。「我每年都帶她去拍照，然後放大掛在牆上，記錄她的成長。」我回：「她很漂亮，氣質很好。」我半是真心半帶點恭維的話讓母親聽了立刻咧著嘴笑。「渴了吧？你們坐一下，我拿飲料。」我和姊姊同時脫口而出：「不用麻煩了。」「沒關係，我自己也要，你們喝喝看我每天喝什麼。」「好。」我和姊姊像是小鴨跟著母鴨，一步不離地隨母親到與客廳相鄰的半開放式廚房。母親打開儲物櫃，取出一大罐蜂蜜檸檬粉，拿出兩個500ml容量的橘色塑膠杯，加入冷水後用不鏽鋼吧匙攪拌，再打開冰箱抓一大把冰塊放入杯子，插入吸管，遞給在旁看著的我和姊姊。我向來不喝沖泡飲品，因爲不喜歡那種人工味，但當時我毫不遲疑地接過飲料，帶著笑說：「好喝。」

還連吸了幾口才停下來。姊姊則一口氣喝了將近半杯，問母親那罐蜂蜜檸檬粉是在哪裡買的，她想帶回臺灣。

客廳的家具少得離譜，約莫二十坪的客廳空蕩蕩的，我們講話甚至還會出現回音。母親說原本不是這樣的，「胖子喝了酒一看到東西就砸，我不買了，買了也是被砸爛。」進門右側有臺舊鋼琴。母親說自己從小沒機會學音樂，覺得很遺憾，所以特別讓妹妹從小學琴。而一開始時，母親為了要知道妹妹有沒有把琴練好，母親找鋼琴老師來家裡先把她教會，再由她來教妹妹。我非常訝異，「所以你會彈琴？」母親沒回答我，而是走到鋼琴前，抽了一本樂譜，「呼——」地把灰塵吹散，兩手掀開積著厚厚灰塵的琴蓋，架起琴譜，邊翻頁邊說：「啊……多少年沒彈了……都忘了……」聳聳肩膀，雙手放在琴鍵上動了起來。那是一首不算難的曲子，我雖叫不出名字，但非常耳熟。彈了三四個小節吧，母親明顯地彈錯了，慌張地說：「唉呀不對，我彈錯了，換一首……」母親左手放在琴鍵上，右手快速地翻動樂譜，「啊，這首好了。」我突然想到應該錄下母親彈琴的樣子，連忙拿出手機。不過兩三個小節，母親又彈錯了，「啊，不對不對，這裡不是這樣的，我換一首。」姊姊轉頭看我，小小聲地說：「媽媽好像小孩子。」

母親看看手錶，突然起身，我們又像小鴨跟著母鴨一樣去房子深處的書櫃前，看母親燙衣服。一旁的舊舊的非常老式的電腦桌上有許多妹妹厚重的教科書。妹妹正在大學讀護理。「飯我煮，碗我洗。衣服我洗，我燙，我摺。」母親抱怨先生和女兒都沒有幫忙做家事，讓她上班累完下班也不得休息，一週一天的休假也得做家事。燙完衣服，我們跟著母親到廚房，看著母親從冰箱拿出一盒雞胸肉、一包甜椒和一包四季豆。母親教我如何剝除四季豆的纖維，邊剝邊告訴我一定要學會煮菜，「外頭的東西髒，去看過他們的廚房就不敢吃了。媽媽教你們簡單的菜，看媽媽怎麼做。」母親將雞肉切成丁狀、四季豆切段、甜椒切塊，用中華炒鍋起了個油鍋，「滋——」地把食材一一推下，翻炒後加水加醬油加糖，再蓋上鍋蓋燜煮。姊姊說：「好香。好久好久沒吃到你煮的菜了。」我知道母親沒有聽懂姊姊的話，因爲幾分鐘後，母親從碗櫥拿出兩盒樂扣樂扣，再掀開鍋蓋，盛裝時順道分裝成兩份，放在微波爐中。「好啦，這就是他們的晚餐。他們回到家就可以吃了，很簡單吧。」

離開母親的家時，心裡沉沉的。我知道姊姊在想什麼，因爲我想的也是一樣的——我們終於來到了母親的家，但還是沒吃到母親的菜。

眼淚

在夏威夷的最後一週，姊姊已帶著兒子回臺灣。我明確表示哪兒都不想去、什麼都不想吃，體重過重兼體力透支，現在只想好好休息。母親顯然也因沒能和姊姊好好相處到而遺憾，加倍地彌補在我身上，每天我剛睡醒，小阿姨家的門鈴聲便會響起。

一天早晨，院子傳來母親的呼喚，我立即關了水，以毛巾包著濕淋淋的頭髮，三步併兩步地到玄關開門。「我按門鈴按好久，都沒人幫我開門。」「對不起我沒有聽到，可能水聲太大了。阿姨和姨丈去買菜了，我洗頭洗到一半，請等我一下。」

披著半濕的髮趿著人字拖鞋跟母親去她家，像去一個去熟了的地方。母親的家依舊略顯凌亂，但我還滿喜歡那種日常生活的況味。屋裡多數的家具與裝潢都是五十年前由她的公公與婆婆所購置，無論是排油煙機或是瓦斯爐或壁櫥等等，都像我在美國老電視影集裡看到的那樣。那個家的鐘擺停在七〇年代。「這裡有以前的相本嗎？」「以前拍一大堆，很久沒拿出來了，重得要命！問這幹嘛？」「我想看……」母親看來興致不高，但仍進了房間，幾分鐘後，抱著一大疊相本放在我面前。相本裡有我所期待的滿滿的舊時光，母親三十多歲開始的照片幾乎都在裡頭了。雖然她在照片裡抱著的不是我，但——原來母親在「當母親」時，是這個樣子的。以往母親在電話中講到她的先生或女兒時，我總分心或祈禱電話斷線，但這次我竟饒富興味地看著一張又一張的照片，聽母親一段一段地補充脈絡，那時我不禁想起初次到北京時在王府井大街體驗的「拉洋片」也是這樣，在我看著一張又一張的畫面時，耳邊有個旁白帶我進入情境。只是，母親的聲音是低沉的煙嗓，任何內容只要由她說出，都彷彿透著三分蒼涼，而母親講話總一貫地認真，微微蹙眉，便又淡化了可供遐想的部分，遠兜近轉地又回到結結實實的生活。出自母親口中的，都是尚未加工過的素材，分明是劇情片母親卻總是講成紀錄片。

母親的先生是小她七歲，在夏威夷生長的美日混血兒，對每天在家門口等公車的華人女子一見鍾情而展開熱烈追求。再婚那年母親三十七歲，隔年妹妹出生。母親的婆婆是日本人，嫁給美國官員後過著優渥的生活，守寡後一味寵愛獨生子。母親的先生從年輕就開始酗酒——住在豪宅，無需漂亮學歷，無需特殊本領，帥著一張臉鎮日伴著醇酒與婦人，醒了就喝酒，醉了就摔東西，摔累了也就睡了。日子也就這麼一天天過了。官爸爸過世了，少爺還是一顆孩子的心；婚後沒多久，日本老母失智，憑著老母銀行裡豐厚的現金，少爺把失智的老母送到全天候有醫生與護士照顧的安養院。當現金用罄正準備抵押房子時，病人走了——沒有早一步也沒有晚一步。此時的少爺除自住的豪宅外已身無分文。從未自己賺過一毛錢的少爺開始在學校擔任設備維修工，薪水很低，母親必須回到職場才能支應生活的開銷。母親是苦過來的女人，如今回頭從事勞力工作毫無掙扎——就當是作了一場少奶奶夢，夢醒了，就該起床了。妹妹幼年的生日派對都是在自家庭院裡，請餐廳外燴以及娛樂公司架設遊樂器材，有專業表演人員與主持人。如今上了大學的妹妹依舊跟父母住在她出生的家，穿二手衣，被要求每天帶便當上學，開的是父親常拋錨的二十歲老爺車，不時得下車打開引擎蓋散熱。這個家若有一個最不能接受馬車變回南瓜的人，我想也許是妹妹。

初回職場的母親在妹妹就讀的小學擔任約聘工友，在餐廳負責備料與開罐頭隨時補充自助餐的食物，也要負責清潔餐具與場地。一段時間後，妹妹的同學說：「你媽又倒教室的垃圾桶又開罐頭，我們不要吃她的手碰過的東西！」成績好、琴彈得好、每天穿著漂亮衣服的小公主，拜託母親換到別的學校去。母親問妹妹：「我在這裡，讓你很尷尬嗎？」母親當年很適應那裡的環境，工作內容單純而薪水過得去，還可不時看到小寶貝，實在不想離開；但她若留在那，小寶貝會天天哭著說沒臉上學。在母親嚴格的督促與要求下，妹妹從小到大成績和才藝都很優異，家裡有許多模範生與樂隊的獎盃，有一年妹妹沒被選爲模範生，還沒來得及奔出教室眼淚就掉了。

母親絮絮叨叨地說著，彷彿那些都是昨天的事，而我的眼前則浮現一幕幕童年時哭泣的畫面，我小時候個性要強，很少哭，因此至今還記得那些落淚的情境。但妹妹童年的眼淚，離我好遠，好遠。我突然想起早上因母親急促的門鈴聲而匆匆結束盥洗，直接走到客廳坐在地毯上吹頭髮，吹風機的熱氣與轟轟聲罩了整頭整臉，母親凝視我幾秒，說：「我幫你吹吧。」我立刻關掉吹風機，回：「不用了，謝謝，我自己來。」當時母親的失落全寫在臉上。當我意識到我的拒絕意味著什麼時，我突然好想哭。

那一瞬間我突然想起在我小學高年級時，有一次父親難得在家吃晚餐，父親當時的同居人爲他準備了豐盛的菜餚。父親笑咪咪地問我：「要不要再添一碗飯？」「不用了，謝謝，我自己來就可以了。」父親又笑咪咪地說：「給我你的碗，幫你盛碗湯。」「不用了，謝謝，我自己來就可以了。」

父親突然放下碗筷，正正地看著我，鄭重地說：「不必這麼客氣，我是你爸爸。」

肖與不肖

在夏威夷看老相簿時，有幾張照片讓我驚訝到說不出話來——那張臉明明是我——無論是有笑窩的側臉或是露出上排八顆牙齒的笑容，我甚至立刻想起我有哪些一模一樣表情的照片。長得像母親，該是最天經地義的事吧，但對從小被說酷似父親，且沒機會看見母親的我來說，眾口鑠金，我也從小回答自己長得像父親——長得像自己的父親也是天經地義的吧。

雖然做了各種心理建設，但與母親的初見仍令我感到震驚——母親看起來比實際年齡蒼老。

母親當了多年勞工，長年的生活重擔把她壓脫了美好的形貌。年輕時因被父親背叛而在騎摩托車時走神，出了車禍，眼皮上方縫了二十六針，導致一隻眼睛看起來小得多，在瞪人與咆哮時兩眼的差異會放大。講起話來有煙嗓，笑起來喉嚨總是卡著痰。嘴邊和脖子和手背都有皺紋，不注重保養的母親就像大部分的夏威夷人一樣有著深膚色——而她年輕時的照片皮膚白皙，笑容甜美，一看就是個知道自己長得好看的女子。小阿姨和小舅舅偷偷告密：「你們媽媽一知道你們要來，努力減肥喲！平常愛吃的都不敢吃了，飲料也不喝了。想給你們一個好印象。」事實證明，即使努力減了許多磅，在我們面前出現的母親仍有著又寬又厚的肩、沒腰身且臀部肥大。我簡直不敢想像母親之前的模樣。這可能和她個子不高也有關，很容易看起來就是橫著發展，偏偏母親又愛穿過分合身的牛仔褲。

父親一生不菸不酒，聲音遠比實際年齡年輕而有魅力，且籃球員出身的父親極在意外表。我沒見過父親暴飲暴食，也不常看到他吃零食與喝飲料。在我的記憶裡，父親沒有去過任何吃到飽餐廳，我甚至也沒聽過父親打飽嗝，或喊著「太撐了，實在吃不下了」之類的話。——步入中年整個新陳代謝都變差的我明白那需要多驚人的意志力。

當我在老相簿中看到和自己幾乎一模一樣的母親時，我不禁睜大眼睛，把照片拿得好近。原來我的形貌來自於她，唯有她能天經地義地把自己的模樣刻在我的臉上，不須經過任何人的同意。我脫口而出：「這張照片好像我……我有幾張照片的表情完全一樣。」母親聽了，並沒有把照片拿去端詳，而逕自說：「你長得有點像我年輕的時候。但你的上半臉像他。尤其是那雙色眼！」凡是提到父親的時刻，母親的眼裡永遠射出小刀子。凡是和父親沾上關係的一切，都是骯髒的，虛假的，令人作嘔的。母親年輕時一直被視爲清秀的甜美女孩，奠定她一生對外表異於常人的自信。總之，一講起外表，母親口中的自己永遠是皮膚最白嫩、胸部最豐滿、看起來最年輕的。從她的眼神和語氣中，顯然她認爲我長得並不如年輕時的她。她瞧見的是我沒有大大的雙眼皮、沒有酒窩，也沒有她豐滿的體態——而這些在她第三個女兒身上都有，因此，對她來說，她的第三個女兒才真正流著她的血——儘管沒人看得出她的第三個女兒有亞洲血統。

母親不是個細膩敏感的人，不可能感受到我的態度的突然轉變，但我當然意識到自己在看到她的那些照片後，突然感到一種說不出的親近感，且想著：既然我們在年齡相仿時的長相幾乎一樣，那麼是不是還有其他的共同點？而當我嘗試尋找共同點時，就等於是承認或應該說是接受了「這人就是我的母親」。這是明擺著的事實，但對我而言，卻是格物致知得來的結論。因此格外珍惜。
我選擇在肖與不肖之間。

全家福

外婆永遠不會變老。黑白照片中央端坐一位頭髮烏黑的短髮女子，沒有皺紋的臉帶著微笑，腰挺得直直的。

「坐著的兩位是外公和外婆嗎？」「是啊，這是我們唯一的全家福照，因爲外婆第二年就過世了。」小阿姨告訴我照片裡的外婆三十八歲——和正看著這張照片的我幾乎同齡。我彷彿被針扎了一下，之後有種酸酸的感覺隨血液流至全身——我們過的竟是如此不同的人生。

「一、二、三、四、五……」跟所有看到這張照片的外人一樣，我用右手食指一個人頭、一個人頭地邊點邊出聲詫叫：「外婆生了十一個孩子？」「其實是十二個，老大是女的，養不大。」外婆生了六男六女！照片中的小舅舅當時一歲，在外婆的懷裡，被外公抱著的是當時兩歲的小阿姨。「你找得到你媽媽是哪一個嗎？」「這個！」我毫不遲疑地指著七歲的母親——站在後排，穿著應該是學校體育夾克，眼睛睜著大大圓圓的小女孩。我是憑著眼神認出母親的——那眼神和姊姊七歲時的眼神簡直一模一樣。

「大家都說外婆最疼我，但我不到兩歲她就死了，我一點印象也沒有了。」小阿姨淡淡地說，幾乎沒有任何情緒波動。我立在全家福照前，幾乎把臉貼住地看了許久。「怎麼對這張照片這麼有興趣？」「我沒有見過外公外婆，連照片也沒見過。原來他們長這樣……」外婆成年之後在反覆地懷孕、生產、懷孕、生產中一年接著一年地度過。我非常好奇三十九歲就過世的她，在離世之前是如何看待自己的人生？

「外婆怎麼生那麼多孩子？那個年代都生那麼多嗎？認爲多子多孫多福氣？」「其實，即使是那個年代，也很少人生那麼多的。外公說是因爲外婆喜歡。」這句「外公說是因爲外婆喜歡」突然引起我強烈的情緒反應，我立刻將視線從照片移到說故事的人臉上，但當時的我不能確定究竟是對「外婆喜歡」還是對「外公說是」產生反應？我不知是糾結於過早結束的人生，連詮釋權都不能由自己掌握？還是聽到「外婆喜歡」這句，是指喜歡孩子還是喜歡別的？我頓時不知該接什麼。在那一瞬間，我突然想到眷村老家的酒櫃，裡頭長年立著一個印著全家福照的瓷盤，照片裡的爺爺、奶奶、大伯、姑姑以及父親都好年輕。我已不知多少年沒想到那個瓷盤，更從未對那張全家福照感到好奇，也許是因瓷盤上的五人對我皆是天經地義的存在。把我拉回神的是小阿姨的話，小阿姨說：「社會局找上門，勸外婆節育，也表示有人願意領養比較小的幾個孩子……」「後來呢？」「外婆拿著掃把，把社會局的人掃出門了，喊著：『我生的我自己養，孩子絕對不給人！』」

那張全家福照裡滿滿的人，我很驚訝我最先看到的、印象最深刻的並非是我的母親，而是外婆。是回到臺灣後，仔細看著書桌上的那張照片，我才明白是有原因的——只有外婆露出笑容。露出笑容的外婆留下十一個孩子給身旁微蹙的外公。這張照片是個預告？

微蹙的外公在臺北擔任空軍的文書，收入不夠家用，但堅持「一個孩子也不給人！」最底下的二兒二女，外公分別送至「伯大尼育幼院」和「空軍育幼院」，週六再騎著橫槓單車，兩個兩個地接回家來。中年以後過得極爲富足的小阿姨已有許久沒有想起那段日子了，但一回想起來仍清晰如昨。「在育幼院吃得比較好，有牛肉罐頭，那個育幼院有美援嘛。回家都是吃麵，外公都是煮一大鍋麵條，裡面飄著一些肉或是丸子，我們爭著吃，常常爲了多吃一口肉吵起來，吵不完就打起來。後來外公在煮好後先分到十一個碗裡，放在碗櫥——有綠紗窗的那種，放好才去上班。我們回到家的第一件事就是打開碗櫥吃屬於自己的那碗麵。」「那碗麵那麼好吃嗎？」「外公的手藝非常好！」小阿姨頓了一頓，又說：「在孤兒院其實吃得很好，但我們常偷跑回家。星期天晚上，吃完麵，我們躲起來，不想回孤兒院，但外公就是可以把我們找出來，用腳踏車載我們去，從八德路騎到木柵。」「我媽媽排行第幾？」「老七啊，她最好了，她是被留在家裡最小的，所以她叫『阿仙』。」「阿仙？」「七仙女嘛！你媽媽年輕的時候是我們家女孩子長得最清秀的。」

在夏威夷，我和姊姊近距離地參與阿姨們和舅舅們的生活，他們都住得很近，有共住一室的、樓上樓下的，最遠的也不過是開車半小時的距離。我很快地發現每個家庭都有那張全家福照，因爲都出現在非常顯眼的地方，而我只要一看到，腳就會被釘住般地牢牢地立在前面。排行第十的小寧舅舅走到我身邊，再度和我一起端詳那張照片，良久，轉頭說：「這張是我拿去放大的，原本那張小的你要不要？你要就送你。」我喜出望外，「要要要，當然要！」沒幾天，小阿姨進來整理房間，發現立在床頭櫃上的照片。詫問：「你怎麼有這個？」「小寧舅舅給我的，他說讓我帶回臺灣。」小阿姨頓時沉默了，再開口時，聲音明顯有點沙啞：「這張是外公給的，他加洗給每個小孩一人一張，這個相框就是當時外公裝的。」因著這句話，往後我只要一拿起那個深棕色木質相框，就幾乎像是牽到外公的手。那個相框是我和外公最近的距離。

照片中最大的孩子現在已經七十歲了。然而，每當看著舅舅、阿姨們，眼前總先出現他們在那張全家福照的樣子——那個定格的瞬間，像有神在凝視，連後方的影子皆顯得意味深長。那張照片本身就是一個引人入勝的故事，亦像是一則預言。我注意到每位舅舅和阿姨注視那張照片的眼神，既注入，又注出，每一次都像是第一次看見。每個人都看見他願意看見的。

對倒

姊姊帶著兒子返臺後，我和母親獨處的時間激增，母親高度重複的說話內容讓我得邊聽邊過濾，深怕漏了哪個新句子，那些新句子宛如新出現的一片拼圖，我邊聽邊摸索這片與那片應放在哪個位置才正確。

外婆過世時才三十九歲，留下了十一個孩子，長子甫成年，么子未滿兩歲。外婆離開的那年，母親只有八歲。姊姊和我從小沒有母親在身邊，而我們的母親居然也是。不過，在母親有限的記憶裡，外婆的存在並不令人愉快，如今一想起甚至心有餘悸。「她頭腦已經不清楚了，個性很奇怪的，愛打人，大家看到她都躲。」「你也被外婆打過嗎？」「當然！怕我們躲，總趁我們在上廁所時衝進來打，或趁我們睡著的時候打。」我到夏威夷的第一天就看到外公外婆與十一個孩子的全家福照，而母親補充的故事符合她的一貫風格，摧毀我每個不切實際的細胞。排行第十的小寧舅舅帶我爬山時，難得地提到外婆，流露的也不是孺慕的神情。當我問起關於外婆的事時，四歲喪母的舅舅對外婆的永恆定格是「爲了一點芝麻綠豆大的事把我吊起來打噢，客廳牆上有個大掛勾，專門用來把小孩掛在上面，逃都沒地方逃。我們哭到鄰居都看不下去了，才放下來。唉，她頭腦已經不清楚了啊。」住在小阿姨樓上的Jenny阿姨排行老六，九歲喪母的她被我問起外婆，第一句話是「我怕她怕死了，天天打人，往死裡打。她死的那天，我在學校，被老師通知：『你媽死了！』我聽了立刻衝到走廊，拍手，喊著『我媽死啦！我媽死啦！』

我簡直高興死啦！」Jenny 阿姨一邊講一邊興奮地拍著手，彷彿又回到九歲的那一天。我突然想起歸有光的〈先妣事略〉和黃春明的〈在龍眼樹上哭泣的小孩〉，作者都是八歲喪母，而文中八歲孩子記憶中極有限的母親形象，都與我聽到的外婆形象大相逕庭。

關於「母愛」這個偉大的題材，古今中外有太多令人動容的描繪，但在我的母系家族裡，這方面的印象充其量只能是浮水印，一位瘋狂的母親是孩子「生命中不可承受之親」，可能把各種千瘡百孔複製到下一代，甚至下下一代。

我到夏威夷的隔天就被小舅舅帶到外公的墓前祭拜。我沒有見過外公，但在夏威夷的暑假，幾乎天天聽到有關外公的事，看來每個子女對於這位父親都是感念的。如果外婆沒有精神失常，也許會以另一種方式對待她的子女，也許這些孩子會因此擁有值得回憶的童年，進而擁有不同的人生。然而，當故事是以「如果」開頭，再好的起承轉合都不免映著蒼涼的月色。

我知道母親曾精神崩潰，我也知道移民夏威夷後，母親恢復得很好，阿姨們和舅舅們皆強調：「你媽好七八成了，她當年被你們的爸爸弄得真的很慘！」過去母親在電話中顛三倒四反覆述說的往事、不時失控的情緒都令我不由自主地放空或祈禱電話斷線。終於近身接觸後，母親的精神狀態勉強在可接受範圍內，至於那些令人不舒服的部分，平心而論也許不只出現在母親身上。與其說母親精神不正常，不如說母親完全活在自己的世界，我自小就被認為極為自我中心，但在母親面前，我瞬間成了迷你巫。也許母親說話高度重複的原因是她只說自己想說的，既然人生劇本不是荒了腔就是走了板，又沒有修改劇本的權力，那麼至少在反芻時當個剪接師吧，反正一切的蒙太奇之後終歸接著淡出。

那天下午，母親邊吃我們從臺灣帶來的花生糖邊說著往事，罐子見底了，母親依依不捨地吮指，想到什麼似地提到：「即使是那個年代，家裡有十一個孩子還是非常多的！」「每次寫學校的調查表格，我都只寫五六個，怕丟臉，怕人問吶。」母親從小就不喜歡上學，「一翻開課本就想睡，老師講什麼都聽不懂。」對學校生活最深刻的記憶是「最討厭母親節！老師要我們摺康乃馨送給媽媽。」聽到這裡，我本能地深深吸了一口氣，母親停了一下，皺著眉繼續說：「摺康乃馨就摺康乃馨，分什麼紅色的白色的！我拿紅色的，老師說我應該要拿白色的，但我想跟其他人一樣拿紅色的啊。」母親講到小時候怕過母親節這段時，可能是母親的眼角最濕潤的時刻。我很想告訴母親我完全明白她在說什麼，我也完全明白這個故事背後無法用言語傳達的心情，因爲我小時候最怕的節日也是母親節，尤其是母親節前老師們應該是出於好意卻可能非常傷人的各種活動。許久未曾憶起的事突然一一浮現眼前——在母親又翻來倒去說著一樣的話時，我的眼前出現小時候的自己，那個坐在教室裡，對著上方寫著「我的母親」的八開圖畫紙，左手托腮右手拿著喜洋洋彩色筆而不知所措的自己。母親瑣碎的話語撒在空中，輕飄飄的落不了地，我若有似無地聽著，卻驚覺那張托腮的臉變成母親的。回過神的那刻，我只想緊緊握住母親的手。

重生

我以爲工作、生活與人際簡單到誇張的母親從來不用3C產品，直到有一天，母親來小阿姨家找我聊天，而小阿姨當時正在用 iPad 看健康資訊節目，母親問都沒問就將 iPad 挪到自己的面前，用右手食指慢慢地敲出「ㄉㄥˋ ㄌㄧˋ ㄐㄩㄣ」，我才發現原來我不知道的事還多著呢。〈小城故事〉的MV放完接著是〈何日君再來〉，放到〈甜蜜蜜〉時，我和母親都專心地看著螢幕，母親跟著唱了起來，我在心裡也忍不住跟著唱了幾句。母親帶著笑說：「我最喜歡鄧麗君了！還是鄧麗君唱歌好聽！」原來我和母親還是有相同點的——最喜歡的歌手是同一人！

大概是鄧麗君清甜的嗓音讓母親的心情特別好，她那天說了許多平常沒說過的話，是極少數和我父親完全無關的內容。說的是她的童年。母親以「我小時候死過一次的」破題，把我嚇了好大一跳，因爲母親說話是不用譬喻或任何象徵的，都是個性的延伸，全是白描而不拐彎的直敍句。

一次要塡飽十一個肚子，一次要繳十一筆學費，生活的重擔壓在外公身上，使外公鮮少露出笑容而習慣性地蹙眉。白天在空軍總部當文書，晚上則騎單車把公家配給的米、麵粉、罐頭載去黑市賣錢，在難得的空閒時間，不愛待在鬧哄哄的逼仄的家，而流連在西門町的紅包場聽歌。因此，母親家的孩子基本上是沒有大人管束地野放。我的母親排行第七，外婆過世後，外公把最下面的孩子送至育幼院，因此母親在家裡幾乎是以么女的角色成長。母親跟著哥哥和姊姊在外頭橫衝直撞，哪裡都去得，什麼都做得。

那天，約莫四歲的母親跟著兩個姊姊在眷村裡玩，看到掉在地上冒著火光的電線，大她四歲的大姊率先衝過去拉著電線，笑嘻嘻地說：「我不怕！」大她一歲的二姊見狀，也跑過去，拉著電線，笑嘻嘻地說：「我也不怕！」母親羨慕得要命，立刻過去將電線搶來，說：「我也……」話還沒說完，「啪」的一聲，母親立刻飛起，摔在地上，身上冒著煙。路過的叔叔阿姨們立刻找來木板與木棍，小心翼翼地將母親夾到木板上。母親心跳與呼吸都停止了，她的姊姊們還太小，根本搞不清楚狀況，只聽到圍觀的大人喃喃地說：「可憐吶！這麼小就死了……」就這樣過了一會兒，母親居然咳了幾聲，慢慢地睜開眼睛，看到一圈俯著的頭和許多睜大的眼睛，炸出一聲——「她活過來了！」

母親加重語氣地說：「我死過一次，但我又活過來了。」

挽起左邊袖子：「喏，當時高壓電線纏在手上的痕跡。」前臂果然有面積頗大的蛇形疤痕，「胸前也有一片，褪不掉的。」

在我默默感慨著：沒有母親在側的孩子真的什麼事情都可能發生，能平安健康地長大著實不易……時，母親突然想到什麼似地轉頭盯著我，說：「你小時候也差點死掉啊……」「什麼？我？」「那時你爺爺奶奶不認我啊，說我是壞女人，不要臉，勾引他們的帥兒子。你姑姑幫我們在吳興街租房子，在二樓，一樓是個洗衣店你還記不記得？在洗衣店裡面走一個很陡的樓梯上去。」「我太小，不記得了。」「不記得了啊……那天我在曬衣服，沒看著你，你一個小 baby 就自己爬著爬著不知爬到哪裡去了。我到處找不到你，看到大門開著，我往下看時，你正頭朝下直直地掉下去。我眼睛一黑，昏了過去。因爲我想你一定完蛋了，從二樓摔到一樓啊！」母親的眼睛越睜越大，聲音也越來越高亢，隨著敍述的內容而離開吧檯的高腳椅，同步俯身，兩手往外伸出，彷彿她眼前完全是另一個時空。但我不禁懷疑故事的真實性，因爲太不可思議了！平常的我是絕對不會露出懷疑的眼神的，因爲那樣會引來母親極大的不悅，母親不喜歡被打斷，更無法忍受被質疑。但這次我實在忍不住詫叫：「頭朝下摔下去？那我怎麼可能還活著？」母親頓了一下才坐回高腳椅上，「樓梯間靠牆處堆了高高一大疊報紙，你直接一頭撞在報紙上。『碰』的好大一聲，你把洗衣店老闆嚇死了。他們說你當時完全沒有哭。」母親邊說右手邊不住地輕撫胸口，講到我摔下去的那刻時，仍本能地緊閉雙眼。

講完我「死裡逃生」的故事時，母親盯著我，露出一種與其說是憐愛毋寧說是詫異的表情，像在確認：你真的是那個摔下去的 baby 嗎？就差沒有伸過手來捏捏我，看看我是不是真實的血肉之軀。母親當時一定又在心裡問了第一百零一遍：「你真的沒有怪媽媽嗎？」

我當然不可能記得一歲時發生的事，至今也不敢置信我的「救命恩人」居然是一大疊報紙。我的頭完全沒有留下任何疤痕，從小除了沒把頭髮吹乾引來的偏頭痛之外，沒有特別需要留心的事。若非親耳聽到母親說出，我恐怕是不會相信的。我聽到這件事的第一個反應居然不是「好險自己大難不死」，而是：好險是虛驚一場，要不然目睹女兒慘死，任哪個母親都必定終生精神崩潰吧。我詫異地發現這故事帶給我非常大的安慰——我找到我和母親的另外一個共同點了。

拈花微笑

當我終於認識我的母親時，我已三十七歲，母親已六十歲了。

我沒趕得及看見年輕時的母親，但在母親的家中看到她年輕時的護照，三十多歲的她非常秀麗，至少比同齡的我亮眼多了。眼前的母親身材走了樣，但並不難看，只是少了這年紀通常會有的祥和表情，母親會習慣性地皺眉，且一開口就是發牢騷，即使沒人接話，也能自言自語地抱怨超過兩三個小時——比起高度重複的內容，我想這點才是大家最難以忍受的。

母親會佔人便宜，而別人休想佔她便宜——無論是物質或精神上的。母親常哭窮——但不會見不得別人富，更從不會妄想一夕致富。母親打嗝不摀口，但打完嗝必定立即說一句「Excuse me!」——打一個嗝就說一句。在用餐時，母親會拿自己用過的筷子在盤裡挑三揀四才夾起，吃水果也往往先揑過又放回，抱怨完一輪後再拈起幾個吃。母親上完廁所會邊走出門邊拉拉鍊——但母親從未忘記沖水。母親用餐的桌面有著一坨一坨擦過嘴的衛生紙。在小餐館裡，母親會把免費的佐料一直加到自己的碗裡——但母親無論加了多少都一定吃完。母親在公眾場合從未放低音量。母親聽到她不喜歡的話便立即皺眉並撇過頭——但母親鮮少當面使人難堪，她很少當面回嘴。少了家長的各種耳提面命，成長階段也缺乏老師的關懷，我的母親的確是許多人眼中缺乏教養的人。

從母親的眼裡看出去，世界上滿滿的壞人，沒有平白無故的善意也沒有從天而降的好運。我想這和她二十八歲左右就來到夏威夷有關。夏威夷看似豐富多元的文化中，其實有著深深的種族歧視。母親高中沒畢業，又不會英文，手掌滿滿的厚繭讓我不必聽她說也明白她過著怎麼樣的日子。各種被欺負的故事，我又想聽又不忍聽。要如何讓一個未被這世界溫柔以對的人相信人性本善或堅持明天會更好？

母親到現在還沒有用過手機，也沒用過電腦，因為她不需要。每天騎三分鐘的腳踏車到潛艇堡店作三明治，下班立即回家。兩週領一次幾百美金的工資，每週一次搭小阿姨的車到中國城買菜，其他的時間都在家。母親養貓、養狗、養兔子、養隻喚作Joe的八歲公雞，牠們得到母親全心的呵護與完全的寵溺。母親天天在後院照顧木瓜樹、檸檬樹和芭蕉樹，用自家種的木瓜敷臉。母親不閱讀、不看電視、不運動、不上教堂、沒有社交活動，也不思考。

在夏威夷的最後一週，母親空出了上班之外的所有時間來陪我。小阿姨和小姨丈載我們到最富盛名的威基基海灘。夏威夷比這裡美麗的海灘不勝枚舉，但我被帶去最多次的還是威基基——地理位置太方便且氣氛太好了！一桶肯德基外帶全家餐，讓我們邊咬炸雞邊吸手指。小阿姨和姨丈早睡早起，極注重養生的他們很少吃炸物，那次算是大放縱。夏末傍晚的海風徐徐拂過臉龐，烏克麗麗彈奏夏威夷歌手ＩＺ版本的"Somewhere Over the Rainbow"、"What a Wonderful World"隨風飄揚，在海灘上漫步，舒服到令人想閉上眼睛。

母親說她至少十年沒來海邊了——即使從她住的地方搭公車不須轉車，二十分鐘就可到威基基。母親自言自語：「Jolene 很小的時候還會帶她來。好久沒來海邊了啊……」恰逢一對新人在拍婚紗照，海上晚霞的絢麗漸層像爲新人重溫一路走來的美麗心情，從旁看著都令人感受到幸福。不一會兒，「唉，我累了，不想走了。回家吧。」我們有默契地裝作沒聽到而繼續往前走。哪有人特別來威基基吃一桶肯德基就打道回府？這樣的晚霞，這樣的海，這樣的風，這樣的沙灘，這樣的烏克麗麗……「唉呀，我累了，每天都上班，累得要命，休假還要走那麼多路！」姨丈說：「今天是星期五，前面的希爾頓飯店彩虹塔等一下有煙火秀。」邊說邊帶著我繼續往前走。從威基基到希爾頓步行不超過十五分鐘，但母親的嘆氣和抱怨聲不絕於耳，次數多到讓我幾乎是生著悶氣了，一個人不發一語地快步向前，像後頭有人追趕似地。

希爾頓的沙灘前，滿滿的等著看煙火秀的人。母親一屁股坐在地上，「唉呦我腳好痠啊！上班上得累死了！休假還搞這麼累……」到煙火秀結束前，我沒有和母親說任何一句話。「煙火真漂亮！」母親不禁讚嘆，但立即又接「好啦，煙火秀結束了，可以回家了吧。」走往停車場的路上，經過一張夏威夷衝浪巨星Duke Kahanamoku的大海報，在夏威夷土生土長的小姨丈興奮地向我介紹這位傳奇人物，我曾見立在一旁的母親一臉不耐煩，所以我立刻說：「我回去用網路查就可以了。」人來人往車來車往的亮著昏黃街燈的路上，母親突然蹲下，積了一整晚悶氣的我在心裡已偷偷罵出「到底在搞什麼！很危險啊！」時，母親站了起來，右手大拇指與食指間多了一朵不知名的紫色小花，母親對花笑出深深的酒窩。這時的母親不喊累了，腳也不痠了，只是對著那朵她從馬路上拯救的小花微笑。母親就這樣一路捏著那朵小紫花回家。

在母親拈花微笑的瞬間，我突然懂得了母親的另一部分。於是我也笑了。那是我在夏威夷的整個夏天裡，笑得最開心的一次。

最遙遠的距離

母親是路口的 Subway 的正職員工，每天騎三分鐘單車上下班，兩週一次領著最低工資，工作性質單純穩定，很適合單純直爽的母親，母親一待就是十幾年。

開心就大笑，生氣就咆哮，心虛就無法直視別人，和母親說話時，有時會忘記她剛滿六十歲——簡直像個孩子。我在夏威夷努力地認識這個人，並學習和這個人相處。對我來說，因爲家裡本來就沒母親這個位置，因此我從小不感到缺憾。三十多年後與母親再相見，像在補一堂落了許久已不知從何上起的課，我上得格外吃力。

母親對於自己在乎的事，執著程度堪稱我所認識的人之最——要求刀截似的分明，容不下一點兒霧數與委屈。來夏威夷不到兩天，我便發現千萬別和母親爭辯，從很久很久以前，她就活在自己的世界。母親按自己的方式過活，不迎合別人也不傷害任何人。走直線，活在小鬧鐘的節奏裡：在固定的時間起床，在固定的時間騎單車上班，在固定的時間回家煮晚餐，在固定的時間買菜和洗衣服。不看電視，沒有手機，不上網，不知有漢，無論魏晉。日子也就這麼一天天地過了。母親對人生有諸多牢騷，對生活卻沒有真正的不滿。每次領到工資條與小費都是一樣的雀躍，每次採收自己種的檸檬與木瓜都是一臉的滿足，看到一朵美麗的花會開心到哼起歌。手邊若有什麼多出來的東西，她會立刻拿去店裡，問她的未婚媽媽同事需不需要。母親的世界沒有縹緲的未來，沒有空中的樓閣與大餅，她沒有企圖心，目光如豆，自知能力小智慧少，因此她從不說大話更從不打腫臉充胖子，她所能做的只是牢牢踩著當下的地——母親在異鄉是一步一步走的——和著無數的塵土與砂礫。她不隨便瞧不起別人，因爲她比誰都知道被瞧不起的苦。

關於我的成長，關於她不在的三十多年，她一句也沒問過，彷彿我所發生的一切都不重要，她只在乎她終於能看到她的女兒，僅此而已。或者說，她只在乎她的女兒終於能看到她，僅此而已。

我快回臺灣了，母親叨念著：「你什麼時候來看媽媽上班啊？就坐著看媽媽上班。」從我們剛到夏威夷，母親就不斷地要我們去潛艇堡店，但熱情的阿姨們舅舅們每天領我們出去玩，行程滿檔，實在抽不出空。返臺倒數三天，母親以下最後通牒的態度問了：「你到底什麼時候來看媽媽上班啊？都要走了啊！」

小寧舅舅帶我去打網球，之後開車要帶我去看私房夜景，「帶你去山上，那裡看到的是旅遊書沒有的，是日本遊客的最愛噢！」我說：「謝謝舅舅，可是我不想看，我想去媽媽的店裡……」「看你媽做什麼？不就是在店裡做三明治、收錢找錢，有什麼好看？」「是啊，可是我答應媽媽今天會去店裡了……」舅舅畢竟還是把我送下山了。我以最快的速度沖了澡，換了乾淨的衣服，直奔近在咫尺的潛艇堡店，站在對街看到店居然是黑的。趨近一看，原來已經打烊了——透明玻璃門上貼著營業時間——週日提早一小時結束。鼻尖貼著玻璃門朝裡看，有個小房間亮著燈。我急忙敲門，一位年輕女子走了出來，「抱歉本日已打烊。」我說：「我不是來買東西的，我是來找人的。」對方聽了一愣，「找誰？」「找我媽媽。」對方一臉狐疑地打開門，旁邊三個吃薯片的幼童同時盯著我看。她遲疑了一會兒才問出口：「我以為 Bovary 只有一個女兒 Jolene……」「Jolene 是我的妹妹，我住在臺灣所以你不知道。我媽媽叫我來的……她在嗎？」還沒說完，我看到母親在櫃檯後方，皺著眉，用極為嚴厲的表情盯著我，搖手，示意我不要再講了。於是我轉頭，彎著眼對那名女子說：「跟你說著玩的，Bovary 是我的好朋友，我從臺灣來玩，特別來看她，抱歉我開了一個不好笑的玩笑。」母親走了過來，繃著一張臉問我：「要不要吃薯片？」

「不用了，謝謝。」

在亮一盞燈的店裡立著看母親迅速地整理收銀台旁的雜物，看她脫下圍裙。和她一起向同事、孩子們道別之後，再一起離開店，鎖上玻璃門，隨母親在店門口的白圓桌旁的白色塑膠扶手椅坐了下來。眉頭微蹙的母親從牛仔褲口袋摸出一包菸，敲出一支，點燃，吸了一口氣，在我們之間吐出一團白煙。「剛才你看到的是密克羅尼西亞人，那裡來的移民都被歧視。她十幾歲肚子被搞大了，被甩了。旁邊的小孩只有一個是她的，另兩個是她姊姊的，吸毒，不管孩子，她帶著那些孩子是爲了領政府的補助金。這些人只生孩子，不養孩子。」「……」「別跟他們講太多，我上班不講自己的事。」「對不起……我不知道……」「別跟他們說我是你媽媽，Jolene的爸爸會來，同事都認得的，哪天提起……」「對不起……我不知道不能說我是你的女兒……」

回到臺灣後，每次經過全球連鎖的Subway，都不由自主地想起有一間有我的母親，還有那段回憶。下次再去，那位密克羅尼西亞女子應該不記得我了——如果她還在的話。我會記得在營業時間裡走進店裡，佯裝一般顧客點份潛艇堡和可樂，坐在用餐區看小說，安安靜靜地陪母親上班。

把我包括在外

我從有記憶以來就處在沒有母親的家，而父親未曾對此做過任何解釋，可能就像所有大人都曾對小孩說的那句：「等你長大了，就會懂了。」但等我真的長大了，發現有些事當我知道的愈多，反而愈不懂了。

在夏威夷的最後一週，母親和我坐在客廳的吧檯，左邊是白色的牆面，肘邊是黑色的無線電話，右側則是綠色雙門四層冰箱，面對洗碗槽的兩人突然一陣沉默。母親微蹙，說：「你爸爸有一天突然打電話來……」我大驚！「我以為你們沒聯絡……」「一直沒有，那是唯一一次。他打來寶珠阿姨家找我，說你的事。」「打給你，說我的事？」因爲太過震驚，我意識到自己變成一隻學舌的鸚鵡，母親說一句我立刻複述，確認我沒聽錯也同時確認她沒講錯。「對呀，你的事。他先問我過得好不好？我說我結婚了，剛生一個女兒。」「你結婚，剛生一個女兒……」居然是我高中時的事。「是哪一年還記得嗎？」「一九九六年。」我沒定位錯。但我非常確定整個一九九六年父親都沒提過那通電話，因爲他從沒在我面前提到母親。

但母親這樣一講，我突然「啊」了一聲，因爲我想起高中時，本來在看電視，父親卻突然轉頭盯著我，我忍不住開口了：「在看什麼呢？」過了一會兒父親才幽幽地說：「你長得跟你媽媽一模一樣……」那是父親唯一一次提到母親。過了二十年我才明白父親那時意味深長的眼神。那通電話也許就是在那之前或之後的幾天打的吧。我急著問母親：「他說我什麼？」母親沒有直接回答我，她習慣從頭說起，「他問我過得好嗎？我說我結婚了，嫁給美國人，生了一個女兒……他問：『過得好嗎？』我就說：『還可以吧，就是過日子，新的人生。』他聽了沒有再說什麼，我也沒有再說什麼，好幾分鐘喔，那時越洋電話很貴的……」母親講到這邊時，我感覺得到她的眼裡有笑意。「『你哭了？』他立刻回：『沒有……』」講到這句，母親的笑意已經從眼角溢到嘴角了。「威啊，他說沒有，但我聽到他哭了啊。」在我身邊的明明是母親，但不知怎麼眼前出現的卻是父親在垂著的話筒旁默默拭淚的畫面。當時的他在想什麼呢？他是在什麼心情下按了那組電話號碼呢？他期待的回答是什麼呢？母親喝了一口自製的蜂蜜檸檬水，潤潤喉，說父親帶著哭腔說：「『我過得不好，你把威威接去好不好？』」聽到這裡，像是被雷劈到一般，我再也想不到父親當年居然完全沒和我討論就逕自打給母親，是因爲想把我送到夏威夷！

國二時我因爲和導師處不好，偏偏讀的又是私立中學，從早上七點到晚上九點導師都坐在教室裡。偏偏父親發生事情必須跟我分開住，那間學校有宿舍，但必須和高中部的一起，導師不放心，說：「龍蛇雜處的，怕被帶壞。」於是我被導師帶回去一起住。那段與導師同住的時間是我國中時最無法忍受的記憶。於是，沒跟任何人討論，我隨便找個午休時間就到教務處辦了轉學，回到大溪的眷村。快畢業時，父親可以把我帶在身邊了，因此堅持要我來考北聯，搬回臺北。父親先是帶著我在新生北路巷裡的樓中樓分租，餐餐外食，偶爾在房裡用電磁爐擺個平底鍋煎條鯧魚吃。父親用他的二手BMW開白牌計程車，但沒多久就被警察臨檢，跳表機被沒收。我還記得那天父親回來時眉頭深鎖，一進房間脫了鞋襪就立刻躺在床上，閉著眼睛——但我知道他並沒有睡著。半年後我們就搬到東湖的辦公大樓，白天父親在那間約莫十五坪的辦公室開校長兼撞鐘的旅行社，晚上父女倆就從陽台拿出摺疊的椰子床墊打地鋪。那年我還沒有搬去同學家，因此是我和父親一生單獨相處時間最長、關係最緊密的一年。

高中時我每天在學校過得興興頭頭，除了貪玩而導致課業敬陪末座之外，並沒有發生什麼大事，父親給我的生活費也大致維持在每週一千到兩千元，我和父親更是從未起過衝突——父親是我見過最溫和的人，他從未大聲講過話，在他眼裡所有人都是好人，所有的壞事都不是出於那人的本意，或是有諸多難言之隱。對比父親之前與之後的人生，我實在想不到太特別的事。父親在那時和某任女朋友分手了，但不久又有了新的女朋友，但那對父親絕對稱不上是大事。後來母親還說了什麼，我已記不清楚了，因爲我滿腦子都在想父親究竟爲什麼要把我送去夏威夷。那年父親和我同住一個房間，每天開車送我上學。而我一直以爲我們共處的空間是沒有隔間的。

母親一段沒頭沒尾的故事，讓我意識到：原來在父親的世界裡，我一直是「被包括在外」的。我以爲在我小的時候，父親的世界沒有我；沒想到原來在父親設想的未來，也沒有我。

輯二

物其是依

項鍊

「三搬當一燒」，記憶所及的搬家次數超過二十次，在那些動盪流離的歲月裡，所有爲我所珍視的物品皆無法留在身邊，再怎麼捨不得丟的，都被迫在下次或下下次的遷徙中捨棄了，或是在哪個紙箱裡渾然不覺地被搬丟了。經歷了無數不大不小的風波，我有驚無險地長大了，只是，我發現自己會刻意不留下將來應會產生象徵意義的物品。

那週，母親除了上班外，都來她最小的妹妹家找我聊天，不然就是把我帶在身邊，即使只是看她做家事也好。那其實是我和姊姊此行最期待的，然而，和姊姊不同的是，我對母親的印象淡到幾乎沒有，所以這次來等於是從一位陌生人——連點頭之交都談不上開始認識起，那種距離很難拿捏，且沒有任何關係可比擬。

和母親長時間的單獨相處，我發現自己幾乎沒有放鬆的一刻，肩膀與下巴總是縮著、眼睛乾澀。母親總是滔滔不絕，我完全不需要回話，而只需提供一雙耳朵罷了——畢竟世上唯二對她的陳年往事感到興致盎然的，恐怕只有姊姊和我了。母親高中時因懷孕而輟學、不被夫家承認、追打侵門踏戶的小三小四、被渴望離婚的先生施以肉體與精神的雙重凌虐、離婚後又被前夫以開了美容院需要她照顧兩個幼女為由而找回，之後再全部重複一次所有不堪的畫面……種種經歷即使是放在現今的臺灣社會都是令人嘆息的，但眼前的中年婦人看起來平凡到可隨意以一個路人複製貼上。母親在客廳講話，門口的人可清楚地聽見她的說話內容，母親講到激動處就會瞪大眼咬起牙切起齒來，講到自己覺得可笑處則前俯後仰，上氣不接下氣，笑聲帶著痰。在我的工作環境裡有許多和母親年紀相仿的女子，但她們大多沉穩睿智、出口成章、妙語如珠，遣詞用字也很自然地顯出文化素養，令人有時想立即作筆記。和母親在一起時，我發現自己有時需要克制皺眉的本能反應，且我注意到母親對我極少使用「要不要……？」「……好不好？」的詢問句，而多半是「你要……，知不知道？」「不要……，知不知道？」的命令句。也許泰半的母親都是這樣對女兒說話的，但我畢竟從小沒有這樣的經驗，對於這樣的說話方式，我需要比想像中的更多一點時間才能適應。

越多知道母親一點事，越多和母親相處一點時間，就越感到母親和父親分踞光譜的兩端。父親的出身不低，賺錢能力也不差，但因個性與際遇的緣故，一生沒有真正富有過，但即使後半生吃了滿滿的錢的苦頭，也還是不把錢當錢。父親愛請客，講究餐廳的氣氛、裝潢、音樂、擺盤與服務。父親給小費瀟灑大方，因爲「這些人賺的都是辛苦錢」——彷彿自己賺得很輕鬆似地。母親一生從事勞力工作，領最低工資；在夏威夷，服務生的收入不差，但最重要的收入是小費。僅有的幾次，我看到母親點餐和給小費的時刻，都看到她某種程度上的掙扎。甚至即使付錢的人不是母親時，她也會勸阻對方給合理的小費。在父親手裡的錢是一份禮物，在母親手裡的錢是自己的一塊肉。

在夏威夷的暑假，我和姊姊一週至少一到兩次跟著小阿姨去中國城採買和用餐。中國城周遭有許多帳篷和大賣場的推車，堆滿街友的家當。中國城的菜市場永遠是濕漉漉黏膩膩的，貨品堆到讓人得左彎右拐地尋覓自己想要的食材。從小最愛看傅培梅食譜的姊姊極愛逛菜市場，那些亂堆的箱子、溼滑的走道與瀰漫在空氣中的異味彷彿是天經地義的存在。相對於我的舉步維艱，姊姊簡直是凌波微步。最後一次去中國城，姊姊已經回臺灣了。我跟著去一家母親愛吃的廣東麵館，母親從桌上的辣椒罐舀了將近四分之一加入碗裡，整碗牛腩麵都汪著紅，母親稀哩呼嚕地吃完，放下筷子後打了個飽嗝，「Excuse me!」又打了一個飽嗝，「Excuse me!」走出麵館，豔陽高照，穿著亮橘色V領麻衫的母親發出微微的汗酸味，怕熱的母親人中周圍有粒粒汗珠。

飯後繼續採買，不到半小時小阿姨就裝滿菜籃車，我一一接過那些水果與海鮮，也接過菜籃車拉著，但小阿姨還在物色，自己到對街的商店尋找有沒有漏了什麼該買的。母親在轉角的蔬果商店前，從皮包裡取出一個小小的紅色軟包，打開小軟包拿出一條金項鍊，雙手各執鍊子的一端，往前站一步——在那樣的時刻，那樣的狀態，我實在沒有辦法擋住母親的手，說出：「其實我是刻意不戴項鍊」那樣的話。我只是低下頭，讓母親將項鍊繞過我的脖子，扣得好好的。母親端詳一下我的胸前，笑出深深的酒窩。金項鍊繫著一個長方形的小金牌，上面有條神氣的龍。我一看立刻感到惋惜——這應該繫在姊姊的脖子上才對——姊姊屬龍。小紅軟包裡還有另一條也是繫著小金牌的金項鍊——一面鑄著「幸福」，另一面則是「快樂」。母親說那是多年前洗了無數個碗盤，一元美金一元美金地攢下來，要給我們的禮物，只是當年的她並不知道何時才能親手為女兒們戴上。

返臺後第一件事就是打電話給姊姊，「媽媽送我們一人一條項鍊。」約好見面時拿給她。見面時，我心情沉重得完全無法直視姊姊，因為我給姊姊的是「幸福快樂」的那條。留在母親身邊多年的「小龍鍊」是母親親手為我繫上的，那條鍊子鍊起了母親過往的一萬多個日子，上面有太多淚水與汗水，重到我沒有辦法拿下它。

吃飯

母親離開時，我對這世界的悲歡離合仍渾沌，大我三歲的姊姊則逕自放下芭比娃娃而拿起鍋鏟，我小學一年級時就有「姊姊邊看著傅培梅食譜邊炒菜」的記憶。有一回姊姊做了炒蛋、煎荷包蛋、蒸蛋、白煮蛋、蛋花湯，我一餐內全吃了，父親知道後罕見地罵了姊姊一頓：「怎麼可以讓威威一次吃兩斤蛋！」不常回家的父親不知道的是——那天我們又沒有錢吃飯了，而當時冰箱僅有的食材就是蛋架上滿滿的雞蛋。不同於電視與電影裡的情節，我們從未問過父親：「媽媽在哪裡？爲什麼我們沒有媽媽？」小學六年，姊姊吹氣球似地變胖，而指甲短到幾乎沒有——自己咬的。兩三年前，我才頓悟原來姊姊在母親突然消失時便已明白母親離去的意義，而幼年的姊姊是充滿極大的焦慮的，只是多年來竟沒有一個人察覺。

終於來到夏威夷「萬里尋母」，熱情的阿姨們、舅舅們、姨丈們和表弟排班似地帶我們出去吃喝玩樂，我們每天早出晚歸，開啟度假模式，過著無憂無慮的生活。母親卻因爲必須上班，和我們反而最沒有相處的機會，又因爲不同住處，竟然有幾天連面都見不到。來夏威夷的每一天都在藍天、碧海、陽光、沙灘、浮潛、騎馬、各國美食、逛街、購物……中度過，但漸漸地似乎已偏離尋母主題，反而更像是來度假。

一下子就半個多月過去了，姊姊爲了不影響小孩的課業，帶著五歲的兒子要先回臺灣，小張姨丈說離開前一定要讓他好好招待一下。二十幾年前母親的家族合開「佳佳川菜館」時，姨丈就是兩位大廚之一。「佳佳」的生意很好，家人幾乎都在裡頭幫忙，但後來對是否擴大經營產生歧見，竟然就此歇業，家人又各自打工去了。小張姨丈的妹妹近年開了小火鍋店，請他當主廚，經營得有聲有色，被日本人以八十萬美金收購後，小張姨丈改以自助火鍋城的概念開了現在這家拉麵店：先自己拿著拉麵碗到食材區夾入各種自己喜歡的肉類、海鮮、蔬菜等配料後，再送到廚房煮熟並加入麵條和自選湯底。現場有自助式甜點吧和刨冰吧，還有炒菜和小菜區。在歐胡島這樣的用餐方式僅此一家，因此一炮而紅，用餐時間一位難求，還上了日本有名的美食雜誌。小張姨丈要我們一定要去給他請客，說他會特製菜單上沒有的東西給我們。

一踏進明亮寬敞的店內，我驚呼：「好大的碗！是臉盆吧！」母親轉頭：「剛開店時叫我來幫忙洗碗，反正週四休假也沒事，多份工也好，多份工就多賺點錢。沒想到碗太重，生意又太好，手受不了，我才洗一天的碗就走了。這個錢賺不了。」店內有許多種湯頭，果然是在多民族的夏威夷。我本來想選麻辣湯底，因爲聽說小張姨丈的辣椒炒得非常香，但由於我兩週內胖了三公斤，於是亡羊補牢地選了檸檬香茅。姨丈拍著胸脯表示：「每一種都好吃」。母親嗜辣，選重口味的咖哩，沒吃幾口，「威啊我喝看看你的湯……」在我還來不及反應時，碗裡已出現母親的湯匙。「嗯，也不錯。」母親一臉滿足，而我則極力做出若無其事的表情。桌面滿滿的日式煎餃、炸雞翅、章魚、蚵餅、日本美食雜誌特別介紹的刨冰與甜點，姨丈真的特製菜單上沒有的新鮮布丁和家人專屬的辣醬。每一種都非常好吃，且用料實在，環境又明亮乾淨，難怪兩百坪的店座無虛席。那餐飽到幾乎得撐著桌面扶著腰才站得起來，但我的心情鬱鬱的——爲了伸入我碗裡的那根湯匙。

姊姊返臺前，餞別宴原訂於廣東人開的海鮮餐廳，因姊姊對那家超級名店讚不絕口，阿姨們記在心裡，想帶姊姊再去一次。但母親堅持這次由她出錢，因此阿姨們只好把地點從價格不菲的龍蝦餐廳改爲她們常去吃早餐的中國城茶餐廳。母親的右側坐著中美日混血的小女兒，左側坐著我，我的左側是姊姊的兒子和姊姊。鋪著暗紅桌布的大圓桌被十幾個人圍得滿滿的。母親殷勤地問：「要不要再加點什麼？」沒待我們反應，母親便用自己的筷子夾鳳爪和毛肚到我們的盤裡。「多吃點。」母親漲紅了臉，不斷地自言自語：「我是不是在作夢啊？」那是母親和她的三個女兒首次同桌。妹妹靜靜地吃著，話題帶到她時，總是停下筷子，抬起頭淺淺地笑著，或以極小的音量回答。走出餐廳時，陽光非常明媚，聚集在中國城的街友讓空氣中瀰漫一股濃濃的體味與尿騷味。忘了戴墨鏡出門的我將手橫在額前瞇著眼，突然想到我們姊妹沒有一張和媽媽與妹妹的合照。

半夜起飛的航班，母親和妹妹來送機，兩人都一臉疲累。姊姊牽著男孩，三個大行李箱、一個登機箱及一個大袋子在身旁的推車疊成小山。行李託運後，走往海關的路上，姊姊不住地回頭揮手道別，最後一次說再見時已是哭腔，於是她迅速轉頭向前走。檀香山機場極小，不消十秒已不見姊姊的背影。

回臺後我和姊姊聊起夏威夷之旅，聊到在夏威夷吃得太誇張，三週胖了三公斤以上，體重直達人生巔峰。我問姊姊：「你在夏威夷印象最深的一餐是？」「姨丈的拉麵店。」「你不是從小就不喜歡吃麵？」「可是那是第一次和媽媽吃飯，在夏威夷我們都沒機會和媽媽一起吃飯。」姊姊不講，我居然一點印象也沒有。的確，我們天天出去玩，而媽媽都在上班。「剛剛我還以爲你會說是爲你餞行那次。」「才不是！那次媽媽坐得離我好遠……」「在夏威夷吃到最好吃的是？」我還以爲姊姊會說那家以龍蝦出名的廣東海鮮餐廳，但姊姊立刻回答說是小阿姨煮的菜！「牛尾湯、燒魚、大蚌殼排骨湯、火雞煲粥、有象鼻蚌的海鮮大餐。」我又問姊姊在夏威夷「有什麼想吃卻沒吃到的？」「……那條魚。」「什麼魚？」「你忘啦？有一天我們在阿姨家，媽媽突然拿了一條魚進來，說很新鮮，要煮給我們吃。」「後來呢？」「阿姨說：『冰箱都滿到吃不完了。』」「所以我們沒吃到？」看來我完全忘了這件事了。姊姊嘆了口氣：「對呀，我最想吃的，就是媽媽要煮給我們吃的那條魚。」姊姊似乎帶著哭腔，於是我草草結束那通電話。

第一次去母親的家時，母親邊揮動鍋鏟邊抱怨先生和女兒不愛她煮的菜，有時會只吃白飯而把菜全剩在便當盒裡，讓她又生氣又傷心。母親皺著眉，額頭和人中有汗珠。如此真心、平常、坦然的抱怨，卻讓她的大女兒與二女兒低下頭，陷入沉默。我相信世界上「最好吃的」與「最不好吃的」，可能都是「媽媽煮的菜」吧，而我也相信無論母親煮什麼，姊姊一定會全部吃光光的。

留聲機

上次待了整個暑假，已把歐胡島走透透，因此我和姊姊表明：我們該看的、該吃的、該玩的、該體驗的統統嘗試過了，這次請別把我們當觀光客，我們不在時大家怎麼過，這個夏天就一樣那麼過。

我和姊姊上次來夏威夷只有一個目的：看看我們的母親。這次來夏威夷的目的也只有一個：認識我們的母親。

母親一下班就過來，每週日休假時，妹妹開車載著母親、姊姊和我四處走走。才沒幾天，我們和母親相處的時間竟已遠遠超過三年前的夏天。每天下午四點半，母親會騎著單車來，在客廳的吧檯一坐就是一整個晚上。整個屋子都是母親的聲音，其他人總是沒聽幾句就走開了，只有她最小的妹妹會耐著性子聽較長的時間。小阿姨是母親所有手足中對她最好的一位。小阿姨明明是么女，卻總是扮演長姊的角色。上次我們很快便發現母親會習慣性地滔滔不絕，總是說著自己從前的事，偶爾發出問句，也總是聽一兩句又回頭拾回自己的上一個話題，滔滔地講了下去，重複她已說過一千遍的事。

第二度來夏威夷，我發現母親說話時我和姊姊會同時恍神，有時在阿姨或舅舅熱情邀約出去時，我們甚至得極力壓抑露出解脫的表情。我身邊也有講話毫無句號的人，但我通常會刻意避開，非不得已時也總是擺出非常敷衍的態度，幾句後若非沒禮貌地截斷句子，就是邊回邊藉故離開現場。但對母親不行，畢竟我們從太平洋的彼岸來，就是爲了獲得和母親獨處的時光。來了不就是要聽母親說話的嗎？來了不就是要聽母親的人生故事嗎？

爲此，我發現自己產生了非常矛盾的情緒，每晚都在罪惡感中入眠。

大多數從小有母親陪伴的女兒是如何和母親相處的呢？會有類似的情況嗎？純粹是我的母親的問題？還是姊姊和我的問題？還是這根本不該成爲一個問題？在分隔三十多年後重新認識彼此的母女，沒有比想像中困難，但絕對沒有比想像中容易。聽母親連講五個晚上的話，幾乎把我多年來僅存的耐心提領用罄。上次與母親獨處的時間太短，任何感受都可被合理化，遮遮掩掩地倒也這麼過去了。但這次不同，母親每天來都直接坐在吧檯。我們連用一起看電視來分散焦點的機會都沒有。每天這樣直球對決，母親的聲音不斷地被放大，姊姊八歲的兒子後來甚至一聽到母親按門鈴的聲音就立刻躲進房裡，直接阻斷聽外婆開講的機會。

某一個週日，妹妹載我們到歐胡島號稱衝浪聖地的北岸，先帶我們去北岸必吃的喬凡尼蝦飯餐車，再去杜爾鳳梨園吃冰。下午還去了私人向日葵花田拍照，回程時因爲需要使用洗手間而特別進麥當勞買蛋捲冰淇淋。妹妹開了超過四小時的車。小客車裡坐了滿滿六個人，從早到晚車內只有母親毫無休止符的聲音。母親的話幾乎都是對妹妹和妹妹那位聽不懂中文的華裔男朋友說的，妹妹幾乎沒有給過回應。後視鏡中永遠是妹妹皺著的眉頭與下垂的嘴角，妹妹的男朋友在車上則是從頭到尾閉著眼睛。母親一直開玩笑地說他工作太累，但所有人都知道他沒睡著。爲此，我對妹妹的男朋友始終抱著高度敵意——他瞧不起我的母親。

我們在每個地方都拍了不少照片，拍完母親一定要檢查每張照片的自己，若不滿意便會要求立刻刪除。明明下車之後是有些其他的事情，但回憶起來，背景都是母親漫天鋪地的沒有空隙的句子。母親到底說了什麼，我記不得了，耳朵明明是唯一無法被關閉的感官，但只要母親的嘴巴一張開，她身邊的人都本能地失聰了。也許我還是勉強記得一些句子的，例如母親午餐時堅持要付錢但一直嫌奶油蒜蝦飯貴，「這麼簡單的東西，自己在家弄弄都有一樣味道的東西，還那麼多人，騙觀光客的！」一直數落妹妹爲什麼載我們來。母親一到向日葵花田第一件事就是找廁所，但那裡只有一座從外觀看起來就非常髒且臭氣熏天的流動廁所，母親使用完一路抱怨。當我意識到我只記得這些話語時，我感到非常難受。

那些日子我總是在責備自己。母親年輕時一定不是這樣的人吧？也許這是一種病徵？母親的精神出狀況還不都是父親害的？若我經歷過她所經歷的，我有可能會比較討人喜歡嗎？也許母親是因爲這樣導致一個朋友都沒有？若外人無法忍受，難道我也和那些外人一樣嗎？母親像是一臺留聲機，黑膠唱片一開始轉了，就是一直畫著圓圈，一圈，一圈，又一圈，不知怎的聽眾聽到的總是爆裂聲與各種跳針。但是，一定也曾傳出一些優美的旋律吧。

第二次來夏威夷，我盡最大的力量尋找那些優美的旋律。

明暗

妹妹從出生以來就擁有母親的一切，無論她的個人意願為何。

四年半前，母親在確定我們班機的日期後，下了決心走進妹妹的房間，坐在床沿，說要告訴她一個「天大的祕密」。妹妹一臉狐疑。母親把手放在妹妹的大腿上，低著頭，以近乎告解的姿態說著：「寶貝啊，媽媽一直教你做個乖女孩，但媽媽自己不是。媽媽告訴你絕對不能對男人張開大腿，男人才會珍惜，但媽媽高中就懷孕了。媽媽結過婚，你有兩個姊姊在臺灣，她們會來和我見面，下個禮拜就會到了。寶貝你可以原諒媽媽嗎？」母親邊說邊哭到肩膀抖動，把妹妹嚇壞了。妹妹摟住母親的肩膀，「媽媽，你是在跟我開玩笑嗎？」但妹妹一邊問眼淚就一邊滑下了。「別再哭了，媽媽你爲什麼一直不告訴我你的故事？」「媽媽不知道怎麼開口……但這次你兩個姊姊要來了，媽媽照顧你，但是姊姊們從小沒有媽媽……」妹妹說：「我只有你一個媽媽，但你有三個女兒……」

妹妹簡直不敢置信眼前這位極其平凡乏味又嘮叨的女人，居然守口如瓶這麼多年，簡直像電影或小說才會出現的情節。「爸爸知道嗎？」「他很久以前就知道了，但他不願意面對我的過去，說我騙了他，說他是第一次結婚……」

我的妹妹在我高一那年出生，當年母親三十九歲。妹妹上小學前，靠著曾任美國官員的爺爺的遺產，過著衣食無憂的生活。母親在妹妹生日時，會請專業娛樂公司來家中庭院布置遊樂設施，招待小公主的小夥伴們一同遊玩，並請外燴公司供應餐飲，一個下午超過三千美金的費用，母親仍覺得非常值得——小寶貝的生日嘛，花的又是婆婆的錢——每月從婆婆的提款卡領兩千美金花用，小她七歲的丈夫沒有覺得什麼不應當。

我早已不在乎溜滑梯、盪鞦韆、卡通造型氣球與造型蛋糕了，我甚至也沒想到自己從小過的是母親缺席的生日——明明她該是主角之一，反而對提領失智婆婆的錢一事本能地起反感——這樣的事居然還持續了好幾年，我可以想像父親若知道這事時會露出的表情。

婆婆對酗酒的兒子毫無約束力，本來指望年紀較長的媳婦可看管著兒子，只是，這位活潑甜美的媳婦從不是個持家兼馭夫能手。母親提起日本婆婆時，總說：「老太婆很變態，以前常常摸著我的手，一直說我好可愛，皮膚好嫩。」

婆婆失智後，下班回到家的母親必須一邊怒斥嘻皮笑臉的婆婆，一邊清理充滿屎溺的床單，與被抹在沙發、牆壁上以及各個觸手可及之處的糞便，同時還得安撫不斷哭鬧的妹妹。家裡有一隻母親心愛的老聖伯納，地毯常是一攤攤狗尿。母親在熏天的臭氣中身心俱疲地將婆婆送入療養院，「我實在伺候不了，花老太婆的錢讓人伺候她吧。」母親的先生一直沒有工作，在現金用罄、必須抵押居住的房子時，傳來失智老母過世的消息。母親之死像是送給獨子最後的禮物，亦像是一則寓言。舅舅們阿姨們提到這件事就會嘆氣：「威啊，你媽媽就這樣自己每個月賺一千多美金，每個月送人七千元美金送了整整十年，不然你媽媽本來很好過的……住那樣大的房子，手邊又有一百多萬美金的現金啊。你媽真不會過日子！」關於這件事，母親從來沒有後悔過。「我一開始是自己照顧的，我的小老公不肯把媽媽送走啊。但是女兒那麼小，我又得上班，我能怎麼辦嘛！老太婆認不得人了啊！我用她自己的錢讓她住進二十四小時有醫生護士照顧她的地方，我沒有做錯。」母親頓了一頓，發出長長的嘆息：「只是我沒有想到她居然活那麼久……」

母親找到機會就重申：「我不是個狠心的媽媽」，「我不是你爸爸說的壞女人，你們不會相信他講的話吧」。然而父親從來沒有說過她的壞話，因爲父親根本沒有告訴我們關於母親的任何一件事，連刻意迴避的尷尬都沒有。關於母親的缺席以及其他女人的來來去去，父親從來不覺得有解釋的必要，更何況姊姊和我也從來沒問過。

母親具備大部分人都會有的小奸小惡，同時也具備許多人都會有的小慈小善。母親從不覺得自己是好人，但也不覺得自己是壞人，因她壞得有分寸，她總把所有的小心眼叼在嘴邊晃啊晃。母親知道自己不聰明，所以她的壞都在安全合理的範圍。她會把丈夫交出當家用的薪水抽出幾張藏在洗衣機下作爲私房錢，她也會固定將店裡已不新鮮的肉片偷偷放入紙袋拿去餵街角的野貓一家，還會在員工更衣室內偷吃店裡的薯片解饞。

我小學時有咬筷子的習慣，有次吃飯時在伸筷前咬了一下，被難得同桌吃飯的父親立刻制止，要求我換一雙筷子夾菜，說：「這樣不是大家都要吃你的口水了嗎？」但母親會把她的筷子或湯匙伸入別人的碗裡，因她只想嘗嘗味道——畢竟每個人只能點自己的一份。母親夾菜時用已使用過的筷子東挑西揀，翻攪一遍後夾走她沒翻過的一塊。大家正吃著在夏威夷很不便宜的山竹，她還沒洗手就東捏西捏，整碗摸過後捏走一片，再邊吃邊抱怨不甜沒什麼好吃的還賣這麼貴，會買的人腦子有問題。凡是母親翻揀過的東西，即使是我再喜歡的，都頓時沒了食慾，那盤或那碗食物也沒人會吃了。和母親在一起的時間不能長，我單是在一旁看著，都本能地爲母親感到悲哀。

「Don't talk with your mouth full!」是每次一起用餐時，我最常聽到妹妹對母親講的一句話。妹妹再也沒想到這樣的母親能把祕密雪藏半輩子。

改口

再度來夏威夷，從第一天開始，我就不斷地自我提醒要改口——在每個應該叫「媽媽」的場合，衝口而出的居然都是「阿姨」。而當「阿」的音已發出，再接什麼都不對了。

這個困擾不只我有，從姊姊的臉上，我幾乎是在照鏡子般地看到自己發窘的模樣。我們都覺得很對不起母親，只是「媽媽」二字並非舌頭的記憶，而「阿姨」二字我們已叫了三四十年。

這方面的困擾與尷尬是雙向的。當母親呼喚時，也老是妞妞威威 Jolene 叫一輪，讓三個女兒自行判斷母親在呼喚哪個，再自行認領。闊別三十多年，要讓女兒自然地喊出「媽媽」，絕對是困難的。就如同父親在消失十年後突然出現，我在第一時間就發現他已無法出自本能地喊我的小名，而當我第一次聽到父親叫「威寧」時，一整座太平洋突然橫在彼此之間，兩人被水的浮力推到兩極。在時間與距離的雙重推力中，有些天經地義的什麼變得再也不理所當然。這看似在意料之外但絕對在情理之中。

「媽媽」二字要重新叫起是需要學習的，像所有的事情一樣，爲了要在關鍵時刻不出錯，除了知道之外還得確實理解，確實理解之後還要反覆練習。我看著手機中母親的照片喊著「媽媽」，隔天一見到母親，母親聽到的卻還是「阿姨」的音，母親臉整個垮下來。從小被誇學習力強的我將手機裡母親的臉放到最大，左手拿著手機，右手的食指直接按在母親的臉上，慢慢地，拉長尾音地說「媽——媽——這是媽——媽——」。連洗澡時也是邊沖著蓮蓬頭邊在瀰漫的煙霧中投影出母親的臉，反覆地說「媽——媽——」。我簡直是拿出了當年考法文檢定的苦功投注在中年的牙牙學語，卻收效甚微。姊姊那邊更不用說了。我發現姊姊八歲的兒子叫「外婆」和他常提到的「阿嬤」完全不是一種聲調。姊姊和我叫出的「媽媽」和小孩叫出的「外婆」，完全是小時候學英文時，照著課本讀出「This is not a pen, this is a pencil.」的聲口。

但畢竟不是第一次來夏威夷了，在夜夜的加強學習之下，當面喊錯稱謂已顯著減少，聲調也越來越自然了。尤其在暑假的末端，我們姊妹已經自我訓練到能以膝反射的速度喊出「媽媽」，而母親也不必把三個女兒全喊一遍，而是想叫誰就叫誰。算是皆大歡喜了吧，我想。

快要回臺灣時，小阿姨又辦了一次家族烤肉聚會，但這次不是在自家院子，而是辦在世界上最大的露天購物中心「阿拉莫阿那」最受歡迎的韓國烤肉餐廳。那裡的餐點好吃，裝潢時尚，服務生都受過專業訓練，用餐環境極適合家庭或朋友聚餐，此外，以提供的品質而言，價格算是相當合理，因此在物價極高的歐胡島一位難求。店家規定人沒到齊，是不能先進去的。還沒到用餐時間，門口已有候位人龍。我很喜歡吃烤肉，無論是中式的、日式的、韓式的或美式的，而且幾週前妹妹就推薦過這家名店，說我生日那天本來就要帶我來的，讓我分外期待。只是，當天有個小插曲——母親的先生來了，因爲這家也是他的愛店。當他知道是約這家餐廳之後，就罕見地堅持要參加家族聚餐，不然平常他都以工作太累爲由推託。他其實不太喜歡和我的阿姨們和舅舅們往來，除了有經濟需求的時候。例如他們家裡需要裝修但沒有錢，我的阿姨主動出錢出力，他就同意了。例如 Tina 阿姨擔心我妹妹開那輛二十歲常拋錨的老爺車容易出事，就買一輛新車送給妹妹代步，妹妹的父親也同意了。妹妹的手機費和大學註冊費也都是Tina阿姨繳的。而每次家族聚餐，當然也都是阿姨們付的錢。

在夏威夷待了整整兩個暑假，我都沒有見過母親的先生，幾次去母親的家，都刻意選在他的上班時間。母親說得非常明白：「我的小先生不接受我的過去。他說他是第一次結婚，但我已經有兩個孩子了。他覺得自己不應該承受那些。我一說，他就會發瘋打人。」因爲多年前驚心動魄的家暴，使得整個家族的人異常團結。整個家族都說好要守口如瓶，連每週至少帶我們出去玩一整天的妹妹都未露半點口風。但畢竟是家族聚餐，是不會有外人參加的，我們姊妹對這位「意外的成員」都感到不知如何是好，我們是要用什麼方式被介紹呢？

母親的先生在長廊的另一側出現時，我和姊姊都忍不住以最不經意的方式多看他好幾眼。果然很英俊，比照片裡還好看，留著披頭四造型的頭髮已花白，但臉看起來比實際年齡年輕許多，戴著雷朋的飛行員墨鏡一點也看不出是五十好幾的人。個子比照片裡的嬌小許多，母親口中的「胖子」其實一點都不胖。總是被說成酒鬼的他當天臉上帶著自然的微笑，穿著夏威夷衫與卡其色短褲的他當天甚至可以說是神清氣爽。但我還是不知該如何被介紹。

那家餐廳沒有任何包廂，而是以六人爲單位的卡座沙發。母親一家三口就在我們的隔壁，一矮牆之隔，不必轉頭也能以眼角餘光瞥見隔桌的動靜，隔桌的言談也聽得一淸二楚。

餐後我們順道逛了「阿拉莫阿那」購物中心，畢竟裡頭可看的實在太多了，更何況全部人都吃得太飽，需要散散步。經過一個有兒童遊樂設施的廣場，姊姊的兒子吵著要玩，我們只好停下來等小孩滑幾次造型溜滑梯和在木造堡壘爬上爬下。那段時間大約有十分鐘，母親一家離我們僅有一個肩膀的距離。那天我們沒有和母親一家的任何人講到話。不過，如果連「Hi, auntie.」也算，我和姊姊還是有跟母親說到那麼一句話的，畢竟只隔一個肩膀的距離實在是太近了。

回程的車上，小阿姨轉頭解釋母親的先生已被告知：「等一下會有幾個臺灣的遠房親戚來，他們來夏威夷觀光，我們請吃頓飯，盡盡地主之誼。」因爲是遠房親戚，所以不需要有特別的互動；因爲是遠房親戚，所以這次我們叫「Auntie」總算是叫對了——我們立即得到母親讚許的眼神。

彼岸花

來夏威夷卻沒有見到大阿姨，是一大遺憾。

我是到了夏威夷之後才知道原來我有如此龐大的母系家族，即便他們把「妞妞威威」叫得熟極而流，且輕易地說出姊姊和我學齡前的事；但從我開始有「母親不在了」的記憶時，就已知道除了小阿姨之外，還有一位大阿姨。

姑姑說大阿姨認識了一位美國軍官，後來結婚，移民到夏威夷去。換言之，海的彼岸的故事，得從這位大阿姨說起。

「大阿姨是怎麼樣的一個人呢？」「嗯……很時髦，很漂亮，燙頭髮，很會化妝，身材很好，在那個時代就已經穿開高衩的裙子，露背裝，高跟鞋，穿大紅色。常常在中山北路，交美國男朋友。」

不管問了幾次，姑姑的答案都脫不了這些，因此我小時候看到電影或時尚雜誌裡金髮碧眼的男士身邊的摩登女郎，總會想著：「大阿姨就是長這樣吧？」這個問號不知不覺跟了我三十多年。

來夏威夷的第一天，小阿姨爲我們辦了一個家族聚餐，聽說幾乎整個家族都會來，但我還是沒有看到大阿姨。當天人很多，又發生了不愉快的插曲，使得「大阿姨爲什麼沒有出現」這句話一直含在我的口裡。

爲什麼大阿姨沒有來，沒有人告訴我們，彷彿她不在是天經地義的事，完全不需要任何解釋。之後的整個暑假，我們幾乎見了所有的親戚，除了大阿姨和三舅。儘管我的母系家族已經移民四十年，但最常往來同時也是連結最緊密的還是家人，且有半數住在走路十分鐘可到達的範圍內。即使沒有見到面，我還是不可避免地聽到關於大阿姨的事。阿姨們和舅舅們驚訝於我對那些陳穀子爛芝麻的事如此有興趣，只要我發問，他們幾乎知無不言。透過那些事件，大阿姨不再只是個輪廓線，我看到了大阿姨的眼睛與下巴，肩膀與雙腳。

大阿姨在臺北交了一個美國軍官男友，美國軍官沒多久就調任到檀香山。大阿姨嫁過去之後，先把外公接去，再讓舅舅們阿姨們以依親的方式陸續移民到夏威夷。唯二的例外是大舅和三舅。大舅在臺灣是做過國宴的廚師，蔣緯國曾是他的座上賓。在夏威夷待了一陣子，覺得夏威夷實在太小，就下決心要離開，於是大舅帶著妻子去了紐約，白手起家地開了一家川菜館，在當地小有名氣。三舅是空軍的高階軍官，受身分限制而不能移民。除了這兩位，我所有的母系家族成員的人生都被大阿姨改寫，幾乎是一夕之間從ㄅㄆㄇ變成了ＡＢＣ。

大阿姨婚後在「阿拉莫阿那」購物中心認識了賣珠寶的同事，這位義大利人談情的魅力與說愛的能力讓凡事認真的大阿姨離了婚，在打官司的漫長過程中不得不把房子賣了。但就跟這樣開頭的大部分愛情悲劇一樣，大阿姨落得人財兩失的下場。所有看著事情經過的人沒有一人感到意外，唯一看不清結局會往哪裡發展的，就只有女主角一人。等到終於醒悟了大姨丈比義大利情人更愛她，大姨丈已結束夏威夷的一切，回到美國本土，澈底告別這個傷心地了。

大阿姨算是年紀輕輕就見過世面，從小不靠父母而全憑自己的直覺作出各種重大決定；然而，離婚後的大阿姨像是把所有前半生所積累的憤懣與委屈一次出清。離婚官司中的心力交瘁和從小累積的憂傷壓垮了她的肩膀，她既沒力氣拿刀傷人傷己，也沒有成爲夏威夷常見的吸毒者與酗酒者，只是人生的後半場就在政府提供的社會福利住宅與精神病院來回往返，說不清哪個才是她的家。

我到了夏威夷沒多久，聽了幾位家人的故事，就隱隱明白這個家族有精神方面的遺傳性基因。偏偏老天不小心在倒考驗罐時蓋子突然掉了，添加幸運草時又拔到營養不良的幾株，於是這個家族的許多人從一手爛牌打起，偶爾抽到幾張好牌，也只是增添日後回想起產生的唏噓。大阿姨是壞女人嗎？我不知道，我只知道她一確定美國人會娶她，她就盡最大的力量把整個家族帶過去了。作爲長女，作爲長姊，她是把家人放在第一位的，即使在她成長的過程裡來自父母的關愛與照拂少得可憐，再加上過早離家，和兄弟姊妹也談不上什麼內心話。在人生關鍵的幾個時刻，她獨自一人與全世界對弈，最終落得一敗塗地。勵志電影的起承轉合在她身上只剩了上半部。晚景淒涼的大阿姨是罪有應得嗎？我不知道，我只知道她在瘋了之後還記得發生在自己身上的所有事情，尤其是越久以前的，像是在高樓層聽大街上的話語，反而清晰得像在耳邊聒絮。

大阿姨年輕時謀生也謀愛，但她用前半生得到「唯有主不會讓她失望」的結論，因此進入人生後半場的她全心全意地相信主。精神失常後的大阿姨受了洗，開口談上帝，閉口讀《聖經》。她相信自己死後會上天堂。

她之所以沒有出席家族聚餐，是因爲沒有人邀請她，沒邀請她的原因是擔心她會突然出什麼亂子而嚇到萬里尋母的我們，畢竟這人過去有太多驚世駭俗的紀錄，讓這個家族不敢輕易冒險，至少絕不肯讓闊別三十多年的我們涉入其中。

第二次來夏威夷前，我暗暗許下一個心願：這次無論如何都要見到大阿姨。因爲就某種程度來說，她也澈底地改變了我的人生。

十字架

再度來夏威夷的第一天，小阿姨再度幫我們辦一場家族BBQ接風宴。和三年前相較，這次少了幾個人，卻也多了幾個人——大阿姨赫然在座，雖然沒同桌，但一直盯著我們姊妹。是因爲被她盯到臉發熱，我才突然意識到「這人就是大阿姨」——我認出了那雙眼睛——在老相簿僅出現兩次的眼睛。那雙眼睛沒老，歲月並沒有洗去應該洗去的，也沒有掩埋任何應該掩埋的。

吃到一半，大阿姨走了過來，坐在我們姊妹旁邊。如此近距離地看著大阿姨，我注意到她非常嬌小，背也有一點駝了。幾十年來大阿姨都畫著粗濃的黑色眼線，眼神有種穿透力，被她盯著看，會出自本能地想迴避。大阿姨開口了，還沒聽到她的聲音，我先注意到她的淚溝紋、嘴角紋與法令紋，唇周充滿小籠包般的細紋，雙唇下凹，看起來像缺牙。或許她的眼睛停在三十年前，但其他部位洩漏了真實的年齡。大阿姨說我們上次來她沒有見到我們，只能在我們回臺灣後不斷聽說「妞妞威威已經長多大了，長得有多高！」因此這次一知道我們要來，說什麼都要和我們見上一面，畢竟距離上一次見面已將近四十年。而人生有幾個四十年？和大阿姨面對面講了至少十分鐘的話，我感覺不到這個人精神有問題，充其量就是個沒有把牙口照顧好，講話會漏風的上了年紀的婦人吧。

大阿姨塞給我和姊姊一人一個紅色信封，要我們打開看。**裡頭**是一個掌心大的透明塑膠夾鏈袋，裝著一個綠色的充滿塑膠感的十字架項鍊、一張皺巴巴的二十元美金和兩張同樣是皺巴巴的一元美金，還有一張手寫的小卡片。不知怎麼我突然一陣心酸。兩次來夏威夷，我和姊姊拿到許多紅包，都是以一百美金爲單位的嶄新美鈔。那條一看就是假玉的十字架項鍊我們是不可能會戴的，但那瞬間我突然眼睛一熱。我明白大阿姨已經給了我們她所能給的。

當天我的情緒非常複雜且激動，大阿姨究竟說了什麼，我記得的居然不超過五句，只記得她提到耶穌，記得她要送我們《聖經》，要我們每天都要讀《聖經》，當主的好孩子。我很想聽她說她以前的事，但大家顯然很怕她再拉著我們說下去會沒完沒了。「妞妞威威是來找媽媽的，讓她們和媽媽多講話。」大阿姨被帶回自己的座位了，卻仍是盯著我們看。

隔天早上小阿姨接到電話，我可以聽到電話的另一頭非常急切又有點漏風的聲音。小阿姨沒有問過我們而逕自拒絕了，「她們兩個很忙，人家來夏威夷是來找媽媽的，而且其他人已經約了要帶她們出去，時間都排滿了。」電話那頭顯然不放棄，就這樣講了一個小時，小阿姨才極其疲倦地切斷電話。「你們大阿姨一直說就算只是帶你們去吃個冰淇淋都好……」我感到很興奮，說：「她只是想帶我們出去玩。我們和她出去一次吧。吃吃東西沒有關係的。」心腸最柔軟對全家族最好的小阿姨突然臉色一變，用罕見的嚴厲口吻說：「你沒跟她出去過不知道，你們受不了的。」「只是和大阿姨一起吃頓飯，我們沒有關係的。而且……我也很想和大阿姨說說話。」「你一定要我說得很清楚嗎？你大阿姨精神不正常你不是不知道，連我們跟她出去吃飯都受不了，只要約她，就一定得在家裡吃。你沒看到之前我們帶她去吃buffet，她在甜品區用手指把每樣東西都刮一口放在嘴裡，害我們一直鞠躬向餐廳經理與其他顧客道歉。你真的受得了嗎？」我當場愣住，說不出任何話。如同體貼的小阿姨爲我們預想到的，我的確沒把握能妥善處理那樣的情況。從那天開始，大阿姨一天至少打十通電話給小阿姨，講一樣的事，後來連脾氣最好最有耐心的小阿姨都拒絕接大阿姨的電話了。

大阿姨於是改打電話給母親。有一天夜裡，母親氣急敗壞地跑來小阿姨家，說她剛剛接到大阿姨的電話，劈里啪啦被大阿姨罵一頓，兩人就在電話中大吵。母親來特別叮嚀我們姊妹千萬別跟大阿姨出去，「那種臉你們沒丟過不知道，是真丟人啊！」後來母親也不接大阿姨的電話了。隔沒幾天，大阿姨的鄰居報警，把大阿姨又送到精神病院去了。

一直到我們離開夏威夷前，我們都沒有再見到大阿姨。我明白大阿姨送給我們的不僅是一條假玉十字架項鍊，更是一則人生的隱喻。回到臺灣一年多了，我卻始終沒有勇氣再看一次那個十字架。

斷捨離

會毅然決然地實行斷捨離，是因爲承諾同事要在她退休前來我家玩，因此得大整頓雜物已堆到無法走直線的家；而新冠病毒肆虐，讓我意外擁有六週哪裡也不能去的長假。我想這應該就是老天在給我機會吧，讓我進行人生最澈底的一次大掃除。

每天至少花四到六小時整理，丟掉超過三百公斤的東西，連飯桌、大部分的書櫃甚至連掃把畚箕都丟了。家裡的每一樣東西都被平攤在地上，若找不到非留下不可的理由，或捐或送或丟。首次實行斷捨離，我獲得巨大的成功，小小的樓中樓空曠到講話會有回音，人人都說像樣品屋。

看著煥然一新的家，不禁一陣感動——我真的做到了！從食衣住行育樂到人際關係，都在這個長假被我一一檢視，於是我獲得了簡單的生活環境、簡單的生活方式與簡單的人際關係。斷捨離像是送給四十歲的自己一份大禮。四十歲以後的人生很長也很短，我誠心希望藉此能有全新的開始。

整理東西時，在不知多久沒開過的紙箱裡看到一個極其眼熟的信封，信封已泛黃且有許多黃斑，上頭的字跡極爲熟悉——我居然找到媽媽一九九六年的來信，而那年的母親正是四十歲。我爲這個巧合感到震驚。

雖然相隔兩地，但我十七歲前每年總會接到幾封母親的信，且母親總用同樣款式的信封與信紙。我記得信上的內容總是重複又重複，尤其是要我「好好讀書，上大學時才可以交男朋友」這句幾乎出現在每封信上。但我找到的這封信推翻了我的記憶，而這封信對父親的評價讓我明白母親當年並非捨得離開兩個稚齡的女兒，她只是被逼得以移民的方式澈底斷開這個男人。母親在二十六歲時就已經看到父親六十二歲的模樣。

姊夫來家裡幫我處理壁癌，我請姊夫將信帶給姊姊，畢竟這封信的收件人寫的是姊姊的名字。生平第一次，我將母親的信一字不漏地打字保留下來，沒有特別的原因。一邊打字一邊想著：在我高二時看到這封信的心情是什麼呢？我一點兒也不記得了。我完完全全地遺忘了這封信，然而再次看到它時我已經見過母親，且和她相處兩個夏天了。單看母親的信，除了錯字多了一些之外，整體的表述相當清楚，也有完整的脈絡，有些句子甚至觸動了我。母親的文字能力似乎遠遠勝於口語能力。我試圖將兩次去夏威夷看到的、感受到的、理解的母親和信中的母親結合，卻發現自己重重地嘆了一口氣。

這封信像是個時光膠囊，然而也許更像是一則預言。母親不過是總結了過去的經驗，卻意外地扮演了先知的腳色。我一直以爲母親不聰明，但這封信在在顯示了母親具備某種逃生的本能。事實證明母親的斷捨離比我還要早也還要成功。

兩次去夏威夷中間相隔整整三年，之間我和姊姊並沒有主動聯繫母親，反之亦然，任何方式的聯繫都沒有。

中間發生了「父親時隔十年突然出現」這件事，但我和姊姊都沒有告訴母親。中間我發生了一件意外，即使我幾乎誰都沒告訴，但不知怎麼有許多熟與不熟的、認識與不認識的人都聽說了。儘管是一場虛驚，且傳言多是訛誤。儘管在意外發生後我見到了父親，也見到了母親，但我和姊姊都沒有告訴他們。

第二次從夏威夷離開，正準備從小阿姨的家把好幾個大行李箱提上休旅車時，母親突然看著我和姊姊，認真地說：「平常可以寫信給媽媽，發生什麼都可以寫，媽媽收到信會很高興的。」我和姊姊微笑著，沒有接話。因爲我們都知道我們不會寫的，無論發生了什麼。

Dear 妞：

妳的來信媽已收到了，一封是有妳的照片，相【片】中的妳是相當的好看及成熟。妳的小模樣很像奶奶，說真的媽看了照片一點也認不出妳了。妳們都長大了，整個樣子都不像小的時候。妞，說真格的妳和威走在馬路上媽是真的認不出妳們了。至於；媽目前還有了【沒有】好的照片，等寶珠姨這些日子會幫我照些照片給妳和威寄去。

妞，妳已長大了，出社會了，一切妳的心機還是很純潔。在外做事處處要謹慎小心，尤其是找對象一定要謹慎。姑姑像妳們的母親，姑姑花了很多的心血在妳們身上，多多的安慰及照顧她。至於；在信中妳是談了一些妳父親，媽在這裡不想不談【不想多談】，只有安慰自己是我做了一場大惡夢，這個人在我心中已經消失了。給他太多機會，未有反悔及愧疚，將來他是怎麼一個下場我不我知道【我不知道】，我不想回想這個禽獸。我在1984.4.21日來到美國，腦子一直到現在都不太好，很多人都說我有些神經病。在多年的掙扎裡，一次次淡淡的抹平，內心的創傷是永遠無法消失的。以往媽打越洋電話聽到妳父親的一切，心裡很害怕，這男人在我的印象中，是一個不腳踏實地、好高騖遠、愛慕虛榮的一個男人。妞威媽在這兒奉勸妳們，千萬將來長大把錢存在銀行，保護著自己，不能管妳的父親，他是個無底洞。手頭闊，死愛打腫臉充胖子，不管人家的錢是從苦辛苦血汗錢【辛苦血汗錢】，他一切只想做想其成【坐享其成】。切記！不論將來嫁人也要獨立工作，存自己的私房錢。妞，千萬別讓妳父親吃定妳們，他這男人是個無底洞的，我是指在金錢方面，妳和威一定要保護著自己，因他的一切我很清楚，一定要做個堅強獨立，不能太軟弱，做個堅強的女孩。

妞，至於妳來信，媽內心非常的快樂，至於去信是慢了一點，因小寶寶會搗蛋，一天到晚黏的我太緊。成天好哭，相當的像個小頑皮。至於我的新任小先生，人不太成熟脾氣壞、小心眼，好動酒【酗酒】，成天抱著酒喝，我也不管了。年紀大了，把我的精神專注在小寶寶身上吧！至於，媽家這方面的婚姻也是差不多已有六個人離婚，但還好他們都沒有小孩，在保護著自己。婚變小孩是最可憐的，他們是聰明的，不生孩子，不像媽比較笨。媽、大阿姨離婚後發瘋了，也怪她自己不堅強，腦子太沒有主見，胡思亂想，倒至【導致】她發瘋了送美國神經醫院來來去去的千百次了，全家都怕看到她。唉！什麼都是說來話長。

妞，妳現【在】想交男朋友了，不妨帶男友讓姑姑看看，她是長者，看的多，可給妳一些見意【建議】。對了，是否可寄一張妳的男友的照片讓我看看。妞，妳一定要小心謹慎不可大意，吃虧永遠是女人。若碰到感情方面不可意氣用事，冷酷【冷靜】的頭腦，不能隨意有小孩子。等到妳真正成熟穩重了，年輕的愛及成熟的愛完全不同，戀愛每個人都想去嘗，但一定要深思。媽嫁了一個小我【比我小】的先生，我也知道不太理想，但，現實所逼啊！頭腦不清不楚的媽，沒有選擇的餘地，因美國太貴了，房錢及一切等等混不出來，只有嫁了，當然嫁的不太好，但總是多少對我有一點幫助。再說媽家中的人個個都已是中年人，誰也幫不了誰，自顧不俠【暇】的。

總之，等媽的婚姻穩固些，媽會說服著小老公去臺灣玩，我想這機會渺茫的，因為他賺的錢太少，窮酒鬼一個。再說他的老母親眼瞎【眼睛】不是全瞎，腳又不行，這位老太太已有73歲了，也是我生活中的一個障礙物。至於，目前媽不可能回臺灣看妳們的，經濟上面，及小寶寶，等那天妳和威要來玩，媽隨時歡迎，在這寶珠姨也是很想念妳和威的。在這兒媽感謝姑姑對妳和威的大恩大德，媽是永生難忘的，她是一個很值得敬佩的女人。好了，自己好好保重及威，媽隨時歡迎妳和威來玩。

祝

好

P.S. 望常來信，少理妳父親的一切這男人是無底洞，愛慕虛榮的男人。臉皮很厚。媽永遠永遠深愛妳和威的。

母

字

一九九六年十月二日

輯三

時光命題

隊伍之外的畢業照

在上海的弄堂看到一個完全符合需求的雙肩背包，不是任何有名的牌子，只要二百多元人民幣。買了之後立即把書本、礦泉水瓶、相機、手機連同本來的提袋統統裝進背包裡。它跟著我去了蘇州、杭州、寧波、雲南、甘肅、青海與南京。我每天都讓它忍辱負重，我隨時準備失去它，也作好它的拉鍊會突然拉不起來或背帶裂開的心理準備。我沒有任何偏愛的背包，也沒有任何壞了、丟了會讓我傷心的物品。

拉著一個行李箱，背著已變得骯髒柔軟的背包，一碰到久違的淺色木地板，「呼」了一聲後便倒在沙發上——終於回到闊別整整一年的臺北了。重感冒的我昏睡了幾個小時，一醒來便得趕緊作一份有緊迫時限的工作。離開沙發，正要打開行李箱時，腳底感覺到一個硬硬的東西，同時傳來「喀」的一聲。瞬間完全醒了。彎腰一看，背包的塑膠材質甲字形插扣缺了一角，插扣缺角的位置竟和我唯一擁有過的達新牌書包一模一樣。

我曾擁有一個正紅色的達新牌書包，我曾幻想背著它進小學校門，我曾想著：如果當時有人拍下我背著那個書包的背影，那一定是「開心」的象形字。也因著那個背影想必太快樂了，因此，至今我都不忍對那個在床上翻來覆去等天亮上學去的小女孩說：「該你的，就會是你的；否則，即便得到了，仍會失去它。」

我印象最深的畢業典禮可能是幼稚園的，因爲當天只有我是沒有家長出席的畢業生。儘管如此，我曾擁有一張當天拿著獎品的照片。我始終不知道是誰替我拍的，也完全忘了是怎麼拿到那張照片的。照片中的我是笑著的，卻沒有得意的表情，站在我旁邊的是幾個別著「模範生」紅色燕尾字條的小朋友。從小睡過頭的我幾乎天天遲到，此生從，來，沒，有，當過模範生，從小成績好但自律性奇糟的我至今也未曾在任何場合以「楷模」姿態接受表揚。幼年的我常拿出那張照片看，就是覺得那張照片有什麼不對勁。搬家太多次，那張照片早遺失了，但我記得照片中的我高高舉起一個紅色的達新牌書包——那所幼稚園被選爲模範生的畢業生才能得到的獎品。只是，我的胸前既沒有別著寫著「模範生」的燕尾紅字條，還站在隊伍的最邊邊——在園長與隊伍之間。我是除了園長之外，唯一沒有站在頒獎臺上的人。隔了將近三十年後，因著那「喀」的一聲，因爲缺了一角的插扣，我終於恍然大悟——不禁「啊」了一聲，然後哈哈大笑，同時眼睛一熱。

在我幼稚園時，電視上常出現達新牌書包的廣告，我非常想要，但家裡只有大我三歲的姊姊，兩人每天都在爲下一頓在哪而煩惱。我沒有任何向大人要禮物的記憶，至今也從未被物質慾望牽著鼻子走——這是我理應自豪卻其實沒什麼好驕傲的特質。

我的幼稚園老師是那所幼稚園的園長，在教我們時便已是灰髮比黑髮多，戴著老花眼鏡，個子不高且背有點駝，講話很慢卻中氣十足。她讓不睡午覺的我可以獨自在涼亭玩，在我難得肯睡午覺時，挑最新的卡通圖案小毯子幫我蓋著。她總找各種理由送我她用過一次的鉛筆、無人認領的喜洋洋彩色筆、黏土與色紙。她在跑步比賽完會說我跑得最賣力而多給我兩片餅乾，也曾織了條我記憶中的第一條圍巾送我。

我讀幼稚園時，常常莫名其妙地流鼻血，她總會將衛生紙撕成兩半，各自搓成條，塞入我的鼻孔，一下子就止血了。在那些日子裡，她最常和我說的話可能是「慢慢走，別又摔了。」或是「一會兒就沒事了。你最勇敢。」而我永遠都只會點頭，紅著臉，刻意不看她。我是連句「好」或「謝謝」都說不出的彆扭孩子。我常因爲睡過頭而乾脆不上學，也常因爲感冒發燒或各種不大不小的意外而沒辦法上學。明明是簡單到極點的功課，但一旦缺交的次數多了，也不好意思再交了。我沒向老師作過任何解釋，因爲我是個連句「對不起」都說不出的彆扭孩子。

園長宣布畢業典禮時會上臺領獎的人，所有的獎項與獎品都毫無意外地與我無關——事實上，每天只要帶手帕衛生紙給老師檢查連續一週，就能換到「好寶寶」獎，但就連這樣我都做不到。畢業典禮當天，一如前一天的彩排，在園長明確的一個口令一個動作下，畢業生在軍隊進行曲中魚貫上臺領取屬於自己的榮譽狀與獎品。我有點專心又有點不專心地看著，覺得自己屬於今天的一部份，又不真的屬於今天的一部分。被唸到名字的人把腰挺得直直地，在雙層階梯狀的鐵臺上有點靦腆又有點得意地高高舉起榮耀。在悠揚的樂曲中，剩下最後一個獎項了，不需要看，我也想像得到嶄新的達新牌書包被陽光鍍上一層金的耀眼模樣。然而，之後的事，我竟然完全不記得了。

上小學的前一天晚上，我在床上翻來覆去怎麼也睡不著，因爲我迫不及待要背著達新牌書包上學，那個書包是正紅色的，硬殼塑膠材質上印著一隻有睫毛的灰色小象。我不斷起床，看看書包裡頭是否裝了姊姊送我的鉛筆盒，並把鉛筆盒打開，反覆確認是否帶了香水鉛筆、橡皮擦還有直尺。光是打開書包這件事，便能讓我獲得極大的滿足感。在把書包開開關關不知多少次後，我終於睡著了。隔天我是跳下床的，因爲在上小學的第一天早上，發現自己又，睡，過，頭了。跳下床的瞬間，腳底傳來一種硬硬的觸感，同時聽到一聲完全不想聽到的「喀」聲。瞬間完全醒了。彎腰一看，達新牌書包的甲字形插扣缺了一角，可能是我前一夜最後一次打開書包後，忘了把插扣扣上就上床睡了。

不知是否每個人都記得上小學第一天的情景？長大後的我聽說許多人在學校嚎啕大哭，邊哭邊喊著要找媽媽，還有人抱著媽媽不肯讓媽媽走，害媽媽得陪讀一整個上午，如此雷霆萬鈞浩浩蕩蕩地開始了此生正式的學習生活。而我完全忘了那天是怎麼度過的，單單記得我畢竟沒有背著那個半邊闔不起來的達新牌書包上學。

那是我習得的第一課。

鍋燒烏龍麵

最後一位同事向我說再見時，多了句：「今天那麼冷，我受不了，先回家了，你有晚餐吃嗎？」我回：「我有麵包，謝謝。」同事帶著笑說：「唉，這天，就要吃熱呼呼的東西啊！」容易分心雜事又多的我工作效率奇差，留在辦公室加班是常有的事；然而，同事的話突然觸動了我，五分鐘後，我便拿著皮夾在寒流中覓食了。

坐在日式料理老店裡，罕見地仔細看菜單的每一個品項，在最後一頁的最後一個欄位，蹦出一行「鍋燒烏龍麵」，於是，小學時住的公寓，以及房東太太的臉隨即浮出歷史地表。我簡直不能相信我仍記得房東太太的模樣以及她的全名。她有一個尋常的名字和一張美麗的臉——極似當年相當紅的連續劇演員宋岡陵，我甚至記得她那年二十七歲，而我應該是九歲。

公寓有五層樓。我們住在二樓，住進去時房子還相當新，我家約莫四十多坪，三房二廳二衛，有前後陽台，每月房租七千元。房東一家就住在可以停三輛車，有庭園造景且有魚池的一樓。整棟都是房東的產業，名下還有一家小型工廠——房東太太就是在那兒被小開看見，小開一見傾心，聽說幾個月就結婚了。小開的父親過世得早，寡母帶著獨子守著家業，吃穿不愁，寡母在腦後梳著的髻卻越來越小，已經半禿了，卻仍揪著那個小得可憐的結。寡母話不多，鬆獅犬般的臉鎮日板著，經過時總有嗆人的髮油味。我沒有見過她的笑容。

女工一夕之間成了少奶奶，卻像是籠裡的金絲雀。缺少同伴的少奶奶幾乎把我當成親妹妹。某次，父親的朋友問起樓下的房東太太如此引人注意，「怎麼會嫁給那樣的男人？」我張開嘴巴，但終究沒有說出口——我知道這個問題的本身已經有了答案。

房東太太在週三下午會帶我去火車站旁的遠東百貨吃東西，就只牽著我，因爲高年級的姊姊還在學校。我們固定去地下室美食街的日式料理店，坐在吧檯，我總在橘色塑膠矮靠背的高腳椅上轉來又轉去。她會叫一客鍋燒烏龍麵給我，也爲自己點一樣的。我和姊姊小時候常挨餓，在一段時間裡，週三的鍋燒烏龍麵是我最重要的期待。我記得她第一次帶我去吃鍋燒烏龍麵那天，寒流來襲，出門前她特別問我有沒有毛帽，我說沒有，她借我一頂她的，偏偏我的頭比一般人小，那頂帽子罩得我幾乎看不到路，讓她笑了好久。房東太太的故事，我差不多都是在吃著鍋燒烏龍麵的午後聽來的。她從小就不喜歡念書，父母怎麼講都講不聽，她覺得她的父母不了解她，課業成績斐然的兄姊亦然。從小被男生追求到煩了的她，抵抗力已經強到無法輕易動心。後來進了工廠，成爲家人眼中最沒出息的孩子，每天過著單調無聊的生活。當能夠改變命運的男人出現了，她沒有多想地就點頭了。「那麼，現在的你比較快樂了嗎？」——我從小最擅長問別人不知該怎麼回答的尷尬問題，她沒有回答我，只幽幽地說：「快吃吧，趁熱吃，湯涼了，再好吃的麵都變得不好吃了。」

當年應該只有三十歲的房東，婚後便專心當少爺，再也不工作了。他向當時是汽車業務員的父親買了百萬瑞典房車，但那輛黑色轎車沒離開車庫過。鬆獅犬外型的房東總穿著黑色真皮拖鞋，腳不抬起來，每個步伐發出的聲音都令我本能地皺眉。我在客廳曾刻意模仿房東拖著腳走路，被父親當場指正了，父親說：「那樣拖著鞋子走路很沒禮貌！」我至今仍記得父親說：「腳抬起來走，才能走好。」

一樓總是人聲鼎沸。麻將室擺了兩張麻將桌，每個座位都有小抽屜和置杯架，上方有小夾燈，燈一開，把臉照得出油。嘩嘩嘩嘩嘩，洗牌時八隻手叉來叉去，亂中有序地把牌洗得乾乾淨淨，再迅速地堆成四排矮牆。若鏡頭由上往下特寫手部動作，其實很像某種現代舞。我去找房東太太時，若她正在準備供客人吃的點心，我就會走到麻將間觀戰，裡頭煙霧瀰漫，菸味嗆人。客人的表情、說話的語氣與遣詞用字對我都是另一個世界。牌搭子都是老面孔，個個瞇著眼捻起牌，眼皮抬也不抬，「七條」，「吃！」「六餅」，「碰！」立在一旁的我眼睛都看直了，眼睛長在手指上嗎？這些嚼著檳榔、不斷抖腳、以髒話為語助詞、互相調笑隨時互虧的叔叔阿姨們太厲害了！我留心繪有大紅花的透明玻璃杯內是否空了，殷勤地拿著不鏽鋼笛音壺隨時添茶。一開始純粹是好玩，沒想到一局終了時，有時除了聽到心不甘情不願的「拿去買藥！」之外，有的叔叔會轉頭，遞張百元鈔給我，這樣的無本生意讓我去得更勤了。後來，我借到整副牌上樓，把摸牌當成學問認真研究。有一天，父親踢到我忘在沙發下的麻將盒和牌尺，我和姊姊被叫出來時，迎上父親垮下來的臉。父親指著茶几上的麻將，「哪裡來的？」「跟樓下借的。」「借這做什麼？」「當積木。」我不知為何要說謊，但我當時的確是那樣說的。「你會打麻將嗎？」「不會。」「以後不要再去樓下了。」「我是去找小燕阿姨玩。」「樓下還是少去吧。」父親極少出現那樣嚴肅的表情和聲調。

小燕阿姨不會打麻將，對於那些牌搭子，也僅是最低限度的敷衍。因爲我常下樓，所以她後來會多準備一份點心給我，但我發現都不好吃。小燕阿姨說：「好吃他們不就更常來了嗎？」後來，小燕阿姨生了一個女兒，婆婆極度不滿，嫌孫女又醜又笨——但那女嬰和父親根本是一個模子印出來的。在孫女脫離副食品階段後，婆婆週週燉豬腦給孫女，說：「吃腦補腦。」每次我下樓若一陣反胃與頭暈，我就知道婆婆又在燉豬腦了。小燕阿姨在主臥室偷偷抱怨：「用豬腦補，不就越補越笨了嗎？」有了孫女之後，婆婆名正言順地要求這位年輕貌美的媳婦全年無休地鎮日守在家裡，並三天兩頭說著：「還沒抱到孫。」之後的週三下午，我明白房東太太的落寞更甚於我。

剛上國一時在極爲倉促的情況下離開那間公寓，沒能向小燕阿姨好好地說聲再見，此後再也沒有見面的機會。她還住在那裡嗎？她後來比較快樂了嗎？將近三十年了，繁弦急管中，我以爲我已忘了那些美好的週三下午；這晚，菜單上的鍋燒烏龍麵爲我帶回一位老朋友，我毫不猶豫地點了它。上菜時，我露出詫異的表情，服務生一臉狐疑，主動確認點菜單，他說：「您點的是鍋燒烏龍麵沒錯。」我帶著笑說：「我知道。謝謝您。」我無法對他說的是：我一直以爲鍋燒烏龍麵都是被裝在銀色不鏽鋼的春釜鍋裡，被架在井字型的木架子上，還會蓋著厚厚的木蓋子。拿起黑色長柄勺喝一口湯，原來不是每碗鍋燒烏龍麵都是柴魚湯頭；而且，原來不是每碗鍋燒烏龍麵都有一尾蝦子和一片魚板。好在白敦敦的粗圓麵條上仍有一個蛋，這個蛋比二十幾年前的熟了一些，但用筷子一戳開，蛋黃仍溢了出來，溶入麵條，讓麵條和湯整個都甜了。

食客

雖然生性內向且不擅人際往來，很幸運的是我從小就不缺好朋友，只是嚴格來說朋友不算多，尤其近來實行斷捨離，生活簡單到可一言以蔽之，朋友圈簡直是迷你眾。繁弦急管中，每天累到倒頭就睡的我根本沒機會想起許多人，要不是那天被朋友帶去吃自助餐，我也許不會突然想起小乖。只是，和小乖分別將近三十年，我也將近三十年沒有吃過自助餐，我非常訝異怎麼一想起她眼淚就掉了——原來她是我的「好朋友」嗎？原來我會「想念」她嗎？

在我小學時，父親常忘記回家，我和姊姊在看到餐桌上的兩百元時，才知道父親回過家了。當年我常幻想：要是能每天在自助餐吃免費的飯菜，就不用擔心挨餓了。再也想不到這願望居然有成真的一天。

剛升國一沒多久，父親開的房屋仲介公司遭員工捲款潛逃，我和姊姊隨著只剩八百元的父親在清晨倉促離家，在寒風中到處躲地下錢莊的人。那個冬天是我遇過最冷冽的冬天。我們躲在花蓮縣吉安鄉卜蜂冷凍食品廠的貨櫃屋裡，每天從冷凍櫃搬出雞腿，再將雞腿浸在橘色大塑膠箱裡解凍、分裝。在工人生活中日子也就一天天地過去了。父親撥打生命線求助，讓我以最隱密的方式插班進了吉安國中，沒想到一和以前的同學聯繫，就被裝了監聽器的地下錢莊發現蹤跡。輾轉來到臺北，藏身在木柵巷子裡一夜五百元暗藏春色的旅社裡，每夜都得躲警察臨檢。身無分文的父親聯絡上年輕時的友人，他將我們介紹給在木柵巷子裡開自助餐的朋友，說明我們的處境，我記得將近一百八十公分濃眉大眼的小平頭老闆，與將近一百七十公分同樣濃眉大眼的短髮老闆娘立即表示：「我們這裡什麼都沒有，就只有飯菜多，不嫌棄的話，每天來這裡吃飯！」

隔天起，父親早上八點多就把我們帶過去了。

老闆在客運公司擔任維修技師，鮮少在店裡。外場有一位歐巴桑負責夾菜，老闆娘在尾端負責添飯和算錢，內場有位專門炒菜的廚房阿姨。我和姊姊幫忙理菜、洗菜、剝菜、削皮、切菜、端菜、清桌面和倒垃圾。我後來固定作著洗米和煮飯的工作，每次一掀開和手臂一樣寬的鍋蓋，撲鼻的白米香總帶來滿足感與安全感。午餐時間大約十點五十就會有人上門，晚餐時間也是四點半就會出現客人，休息時間五個人面對面地坐在用餐區，每人眼前一塊木砧板或白色塑膠瀝水籃，剝著豌豆莢、用小刀撕去花椰菜梗的硬皮再切成小朵狀、刨胡蘿蔔絲……。我們聊著哪位客人愛吃哪道菜、食量大小，或是聊一些台視午間劇場、中視花系列的劇情，有時也聊近來聳動的社會新聞，老闆娘常講她熱情參與的慈濟功德會……。用餐尖峰時期我在結帳處邊聽台視《天天開心》主持人的笑料邊添飯，隨時注意用餐區與裝湯區的桌面是否需要整理，也會主動補充湯桶旁鐵盒內的粉紅色尼龍繩，與四兩、半斤塑膠袋……打烊時用白身紅縫邊的抹布把桌子擦乾淨，把一張張紅色塑膠椅倒著平放在桌面上，掃地拖地……一天很快就過去了。每天在柴米油鹽醬醋茶與客人、街坊鄰居、國光藝校的學生的招呼中過著簡簡單單的日子，有時會忘了國一的我應該在學校而不該在自助餐。

老闆夫婦有三個孩子，大女兒和姊姊同齡，小女兒則跟我同齡，只不過，她就讀的是普通小學的啟智班，當年的她是六年級，有時半天就放學了。那女孩叫小乖。小乖遺傳了父親的長腿與立體的五官，加上母親的白皮膚與紅唇皓齒，配上及耳的濃密微捲的發亮的黑髮，除了因腦部開過刀而斜視，其實小乖美得像是雜誌上的模特兒。我已經算是高的，但小乖比我還高半個頭，且她抽高得太快，褲子沒多久就不合身，她的褲子幾乎都在腳踝上面就沒了。在自助餐當食客的那段日子，小乖是我最好的朋友，因爲她是我唯一的朋友，反之亦然。

沒多久，自助餐的大女兒帶我們去她家玩，家裡和店裡一樣完全沒有裝潢，舉目所見都是功能性的家具，櫃子是深褐色五斗櫃，桌子是木製貼皮折疊桌，椅子是最笨重的深色有靠背的木椅，床是學生租屋處會有的廉價彈簧床配上桃紅色大花厚被褥，到處都高高堆放著紙箱，令人很難走直線。大姊姊就讀私立家商，耳下三公分的髮未燙未染，戴著黑色粗框眼鏡，帶我們去是爲了和我們分享她喜歡的卡帶。她把床頭的錄音機拿來，按開卡匣，放方季惟的〈悔〉和王傑的〈一場遊戲一場夢〉。之前我們也有那些卡帶——那年頭，誰不聽王傑呢？只不過在逃亡時聽到同樣的歌，真有恍若隔世之感。小乖是不聽那些流行歌的，她不懂那些歌詞裡複雜的人生，她的世界沒有那些苦痛與矛盾。但看著大姊的房間熱鬧，小乖也會過來，跟我們擠在一張床上。雖然感受得到彼此的體溫與鼻息，但我很早就知道我們幾乎沒有共同的話題，也聊不太起來，但當我試著把自己想成更小一點的孩子，我發現自己就比較能理解小乖的喜怒哀樂了。

小乖要的，不過是有人在她旁邊。有人陪著，她很容易開心，她作不來微笑，只會哈哈哈地仰頭大笑，隨便說個笑話，明知她不一定聽得懂，她卻還是抱著肚子說好痛。不過，她有時也會突然生氣，生氣時會用力跺腳，我不理她，她就會大聲尖叫。她興奮起來會手舞足蹈，有時會不自覺地拍我的手臂，有幾次拍到我的手臂瘀青，還有幾次作勢要咬我。小乖可以自己走路上學，放學時因爲父母都在工作，哥哥姊姊也還在上學，所以她都自己走到自助餐。她放學的第一件事就是找我玩，我們常在巷口踢球，總是穿著學校體育服的她永遠接不到我踢過去的球。我們常比賽跑步，腿比我長的她總是衝得比我快，且跑過約定的終點線時永遠忘記可以停下來了。尖峰時段我需要幫忙時，她就坐在用餐區仰著頭看電視，隨著電視內容或大笑或罵兩句髒話。第一次聽到她罵髒話時，我詫異到說不出話來，後來我才明白那是因爲她並不知道那些詞彙的意義。小乖會自己刷牙洗臉、上廁所、洗頭洗澡、買東西，也會基本的數字計算。她寫字很慢，但一筆一畫寫得端端正正。她唯一安靜的時刻，大概也就是和我頭靠著頭一起聽歌的時刻了。

那段日子我完全不必擔心挨餓，但非常饞，當小乖從結帳處的不鏽鋼三格式零錢盒內偷偷拿出十元，到巷口的雜貨店買一條當時廣告打得很兇的蓋奇巧克力和我分著吃時，大概是我最罪惡也最興奮的時刻了。小乖每次都是咧著嘴，露出一口白牙，瞇著眼看我吃。小乖把她有的都主動跟我分享，我看她的書，玩她的玩具，用她的文具；而我能給她的，不過就是我根本用不完的時間。我無論什麼時候找她，她即使已經在打瞌睡，都會立刻睜大眼睛，一邊哈哈大笑一邊跟我衝到外面踢球或在用餐區玩她一定輸的撲克牌。無論我說要去哪裡，要做什麼，她都是咧著嘴說「好！」而我發現自己在長時間跟她單獨相處後，會感到異樣疲累，有時甚至會不耐煩——雖然我始終壓抑著自己的情緒，從未口出惡言，但若她需要上整天學時，我會大大地鬆一口氣。

小乖真的是我的朋友嗎？已步入中年的我發現自己竟然無法給出一個直截的答案。

在人生最寒冷的冬天來臨時，是小乖一家無條件地給了我們溫飽，而小乖則給了我此生獨一無二的友誼——長大後的我再不可能遇到把跟我在一起玩當作全宇宙最重要、最神聖的事情的朋友了——那樣純然而毫無一絲雜質的友誼對我是有著無可比擬的重量的。三十年的時光就這樣悄然無息地過去了，而當小乖再次出現在我的腦海時，我的耳邊立刻響起此生再也沒遇過的無所顧忌的哈哈大笑聲，和此生聽過最宏亮的、中氣十足的、從未遲疑的「好！」小乖真的是我的朋友嗎？我還是不能給出一個明確的定義，我只知道，跟她在一起時，有一股極爲純粹的說不清的什麼，讓三十年後的我一想起心裡就漲得滿滿的。我只知道，小乖的笑容，是我此生見過最美的。

秋刀魚之味

回家途中經過頗富盛名的平價日式料理店——總大排超長龍，導致我百過其門而不入。但這次我竟然停好車，走了進去。「需要等嗎？」「一個人？併桌，不用等。」於是我便拿著菜單，對上百種品項相看兩無言了。兩分鐘後，我點了烤秋刀魚。只有烤秋刀魚。

九點多了，人們在此宣洩整日的疲倦，桌桌都扯著喉嚨，而桌桌因此只能更扯著喉嚨。白色泛黃且帶著醬漬的兩人座桌面上，擺著草綠色的小碗、湯匙與透明袋裝免洗筷。還沒看完一篇短篇小說，烤秋刀魚便上桌了。拿起筷子前，稍稍猶豫了，夾了一口嚐味道後，還是愣了一下。

我不該點烤秋刀魚的。

第一次吃秋刀魚是在十三歲那年。那年家裡發生狀況，我突然輟學，跟著父親與姊姊到臺北賣小吃，維持最基本的開銷。那年遇見的人，和之前與之後所遇見的極不一樣。我記得那個海產店，也記得海產店的那兩對夫妻。

我們的攤位對面是家兼賣燒烤與酒品飲料的海產店——雖說是海產店，然而店的頂部與前後左右皆由黃橘色帆布圍成，因此說是「海產攤」更接近實際。

廚師是整家店的靈魂——一位頂著山本頭、蓄著八字鬍的高大男人，無論冷熱晴雨皆穿白色露臂汗衫，小麥色手臂上的龍紋刺青令大人和小孩皆忍不住用最不經意的方式多看一眼，偶爾披件花襯衫在肩頭，鐵灰色西裝褲下是永遠的藍白拖。廚師走路有點外八，但看來再自然不過。當他直直看人時，會令人忍不住想幫他點菸。乍看不修邊幅，但長期觀察便會發現廚師的頭髮與鬍子皆經過細心修整，多一釐則太長，少一釐則太短。他總是拿著厚重的黑鐵鍋與不鏽鋼大圓勺，在我的夢裡卻總被換成盾牌與刀。海產攤門口有個大冰櫃，透明冰櫃的上層擺滿各種魚蝦，也有螃蟹、鳳螺與被剝了皮的田雞，都被放在一條潔淨的大白巾上，巾下鋪著方方的冰磚。站在冰櫃前，總是拿著點菜單與原子筆，笑咪咪地介紹海鮮食材與料理方法，長得像日本人有點蘿蔔腿的白皙女子，是廚師的妻子。當我知道他們是夫妻時，極失禮地「ㄏㄚˊ」了好大一聲，被父親用眼神責備了——即使父親的嘴角有明顯的笑意。

我們一家在周遭的同行間小有名氣，不過，並非因為食物，而是身分。為避人耳目，我們改用奶奶的姓，各自取了自以為最順口最常見的名字。父親也刻意換了不曾有過的裝扮。我們以爲我們活得不引人注意，有一天，海產攤廚師的妻子問我：「你叫如如還是威威？」「你們是姓陳還是姓田？」語出突然，讓我瞬間愣住，面紅耳赤地拚命想該怎麼回答，卻什麼也說不出來。如今回想起那一幕，我終於了解難怪人家起疑心——我們雖然在自我介紹時用的是假名，但彼此呼喚時卻不假思索地用本來的稱呼。高大帥氣的父親也太引人注意了——即使沒有近視的他刻意戴粗框眼鏡遮住半張臉，還穿軍用衣與軍用靴，動作與說話方式卻仍太斯文有禮了。而且，別的不說，兩個青春期的女孩沒有上學，在九年國民義務教育下，我的年齡就是最大的破綻。「這家人有問題。」附近同行茶餘飯後的話題，卻只有廚師妻當面問我，而且，當然只能是問我——即使什麼都沒說，但我的沉默與慌張已經什麼都說了。

隔天，廚師妻對我招招手，要我和姊姊去店裡；她特別烤了一條秋刀魚，還倒了兩杯有三分之一都是綿密白泡泡的生啤酒。我明白那是她道歉的方式。那條秋刀魚無論在熟度或軟硬都烤得恰到好處，海鹽抹得多一粒則太鹹，少一粒則太淡，秋刀魚靜靜地躺在白色美耐皿方盤上，無論是身體的褐色或背上的黑色都呈現亮眼的光澤，腹部尤其肥美，油油亮亮的，筷子一戳下去，發出微微的「喀滋」聲。「秋刀魚都是我一條條親手從市場挑回來的，我只把最好的選走。」她一邊說一邊爲我們擠上新鮮的檸檬汁。魚腸有微微的苦味，生啤酒也是，她說：「那是大人的味道。」在失去一切的那年，能吃到這樣看似簡單卻相當用心的鹽烤秋刀魚，令人反覆回味。那條秋刀魚成本十元，在菜單上的價錢則是四十元；但對當年的我而言，其實是無價。後來，廚師妻常自掏腰包招待我們姊妹吃烤秋刀魚，她總是倒兩杯有綿密泡泡的生啤酒給我們，要我們吃慢一點，然後頗有興味地看著我們。秋刀魚總是被吃到像漫畫裡貓吃過的魚一樣，只剩架子。有一回，我們過去時，桌上放著的是一盤散發味噌香氣的魚片。她說：「寫錯菜單，多烤了這個，你們吃吃看，這是味噌魚。我自己不太喜歡，太甜了。」我知道這魚在菜單上要一百元。她一樣爲我們擠上新鮮檸檬汁，並且倒了兩杯芭樂汁過來。但她只請我們吃過那一次，之後還是新鮮肥美淋上現擠檸檬汁的秋刀魚。

廚師妻當時應該是三十幾歲，廚師可能超過四十歲了，兩人沒有孩子，至少我從未看到，也沒聽他們提過。廚師妻帶我們姊妹去她家玩，在海產店步行約十分鐘的老舊矮房子裡，相當隱密，沒有人帶很難找到。應該是賃居處，客廳很小，有小小舊舊的黑塑膠皮沙發、小小的鐵架木面方桌、兩把海產攤的橘紅色塑膠圓凳，一臺舊型的黑色電視機，電視機旁有一臺舊型的蘋果綠按鍵電話。一張茶几上面擺著前夜未清理的茶具組、攤開的橫線筆記本上頭滿滿的各種排列組合的數字，筆記本旁有本薄薄的書。那年的我實在是沒有書可看，愛看書的我竟興奮地拿起那本書逕自翻了起來，在她還來不及阻止我之前，我已經看到裡頭的裸體特寫與描寫性行爲的文字了。不識相的我竟然問女主人：「爲什麼要買這本書呢？」對方竟也回我了：「這是大人的書啊！」連一秒的遲疑也沒有。

我們是在超過兩週看到海產攤老闆親自掌廚、老闆娘站在冰櫃前既不流利也不專業地介紹食材後，才發覺不對勁。一問，才知道廚師被解僱了，說是廚師要求加薪，老闆決定乾脆自己來。「啊反正都看那麼久了，差不多就是那樣了。」周遭的同行開始流傳關於廚師夫妻的耳語，我一句都不願意相信。

廚師夫妻沒有向我說再見就消失了。我再也沒有見過他們。

我們和海產攤老闆夫妻一家成了朋友，海產攤老闆夫婦有個幼稚園大班，大圓眼睛、深酒窩、鬼點子一堆的漂亮女兒，和快兩歲還不會講話、鬥雞眼、憨厚、慢吞吞的小男孩。我和姊姊常成爲小保姆，陪著兩個小孩在他們家玩遊戲與看電視。不過，老闆夫婦從未請我們吃過任何東西，我們買炒麵時也沒有任何折扣。

沒有大廚的海產攤，生意大不如前，比較高級的食材乏人問津，生魚片和各種海鮮越來越不新鮮，而食材越不新鮮，就越沒人會點，如此陷入惡性循環。我注意到連本來經濟實惠「要吃請早」的鹽烤秋刀魚都很少人點了，因爲老闆娘不會挑秋刀魚與檸檬——她買回來的魚眼睛都不明亮，肚子不大，檸檬皮厚汁少，烤出來的色澤也毫不誘人。少了廚師夫妻的海產攤，變成一家以炒麵炒飯與醃蛤仔、醃鳳螺等小菜爲主的小吃店。少了海鮮與燒烤，生啤酒不好賣，後來連生啤酒都不叫了，只賣瓶裝臺灣啤酒和綠洲芭樂汁與柳橙汁。

廚師夫妻消失之後，我就再也沒有吃過烤秋刀魚了。隔了二十多年，我才下意識地爲自己點了條烤秋刀魚；只是，滋味當然完全不復舊時的了。眼前的這條秋刀魚，乾癟，不油亮，苦味太重，連檸檬片都切得相當隨便。才夾了兩口，我便放下筷子，起身盛免費提供的味噌湯。我不該點烤秋刀魚的。

一腳踏出店門口時，突然下起了雨，雨勢不小，但我仍在雨中騎著單車回家——這次沒有猶豫，也沒有停留。雨總是這樣突然地下了，誰都有雨天沒帶傘的時刻。而我也早已明白什麼叫做「大人的味道」。

桃太郎番茄

遊覽車駛近觀光休閒果園時，領隊特別介紹這家率先推廣桃太郎番茄，多年來無論人氣與銷售在當地均傲視群倫。同座的同事問：「你吃過桃太郎番茄嗎？」我說：「如果我沒有記錯，這家我高一時就來過了。」

不過，一進去就立刻感受到跟記憶中的不一樣，我記憶中沒有琳琅滿目的農產品販賣部，更沒有整大區的簡報座位。隨著同事的腳步在投影幕前的第一桌坐下，叉起桌上試吃盤內的各色番茄與小黃瓜，一咬下去頓感清爽可口。在大家紛紛發出讚嘆聲時，主人走到投影幕前——約莫五十多歲的男子一手拿著麥克風，一手拿著後方準備好的蔬果，配合投影片，介紹番茄的品種及自家的特色，熟極而流，中間還穿插略帶顏色的雙關笑話。同桌的領隊轉頭悄悄說果園主人每次都講一樣的詞，笑話也沒換過；然而我知道以前這人不是這樣介紹的。雖然眼角下垂了，臉腫了，肚子凸了，架上老花眼鏡了，我仍認出他是二十幾年前那個誠誠懇懇，因還在草創時期，在介紹時講話會緊張到有點兒結巴的人。

我高一到大三時，父親開了一家旅行社，無論是開發景點、聯繫食宿、設計DM、登廣告與上節目宣傳、帶團、接電話等等，都由父親一手包辦。父親安排的點和同行鮮有重複，因爲絕大多數都是父親自己開發的。父親將公司定調爲「親子鄉土教育旅行社」，連公司名稱與標誌都強調「親子」。當時的臺北已絕大多數都是小家庭，即使三代同堂，出遊時因車子的承載限制或行程的安排，在「老小難兩全」

的情形下，老人家往往守在家裡。父親希望盡量製造三代同遊的記憶，因此推行「家庭會員制」，只要加入家庭會員，長者與幼童只須付非常少的價錢便可同行，且搭遊覽車出遊，就不必擔心乘車人數的限制了。許多參加活動的爺爺奶奶外公外婆都說好久沒這樣全家出來玩了，因此，在照相時，父親總爲這樣的家庭拍全家福的照片。然而，會員不知道的是，爲了鼓勵中生代爲老人家報名，父親將六十五歲以上的參加費用訂得極低，老人家來得越多，父親就虧得越多。

父親知道現代人生活忙碌，能三代出來好好玩一趟的機會其實不多，因此希望除了「玩」，還可以從玩中「學」到什麼，尤其老人家的智慧往往會在這些過程中展現。於是，父親安排牽罟、在農家收割後焢窯、乘牛車收割甘蔗、在玉米園中收割玉米、自己拉坯作陶器……等等。阿公阿嬤講古時，平常根本不聽的孫兒在那時不僅聽得入迷，還不禁崇拜起身邊充滿生活智慧的長者。每次看到照片，都能從團員的笑容感染一種單純而溫馨的美好。在那個尚未出現數位相機與社群網站的年代，父親會細細檢視每張照片，把挑選出的照片加洗許多份，再一一寄送給影中人。過程中，父親常常看照片看到笑出聲，把我叫過去介紹照片中的家庭成員關係與各自的個性，以及按下快門那刻發生的趣事。父親出團時會播范曉萱的〈健康歌〉，帶著大人與小孩一起做健康操，本來是用簡陋的手提式錄放音機，還是團員帶著老父稚兒參加幾次活動後，很感謝父親，主動贈送一臺高級的CD播放機幫旅行社升級。

大概是高二時吧，因要幫父親擔任「隨車小姐」，我穿戴著公司的制服與帽子，跟著去新竹還是苗栗的山區。下午安排手拉坯，我也在華陶窯做了幾個歪歪扭扭上面刻著自己的名字的杯子。晚上去賞螢。行駛約莫一個小時的山路，下車之後還得步行一段才抵達目的地。那間小木屋是簡陋的工作室，小屋中間有棵樹，因此屋頂是有洞的，四壁貼滿圖文並茂的螢火蟲成長史。戴著卡其色漁夫帽的講解人員就是小屋的主人，跟著妻子蓋了小屋守在那兒，歷經多年打造螢火蟲喜歡的生態環境，近期好不容易復育成功。在我的印象裡，他們既非隸屬官方組織也不是某個基金會的成員，似乎就是兩個單純的螢火蟲愛好者。

聽了將近一小時的螢火蟲生態介紹與保育知識，天色漸漸暗了下來。晚餐時每人捧著一個重重的陶碗，裡頭有燙高麗菜、空心菜、紅蘿蔔塊、馬鈴薯絲、炒蛋和白飯，應該沒有別的了，幾乎沒有任何調味，卻非常好吃，父親看了我一眼，於是我起身幫忙收碗，每個碗都是乾乾淨淨的，根本沒廚餘可收。當晚數量龐大的螢火蟲高高低低地在身邊飛舞，那晚流麗至極的螢火蟲，以及一閃一滅的光映照出大朋友小朋友興奮的臉龐，至今我都清楚地記得。回程時，好奇的我問了父親，父親才告訴我晚餐的費用是一人五百元。我本能地驚呼一聲，但父親接著說：「有這樣的人願意在山裡做這樣了不起的事，五百元不是付餐費，是支持他們做的事。」不過，由於我全程參加，算得出當天收的團費與父親的支出根本無法打平，我還記得當時因爲知道父親又出了一次虧本團，回程板著一張臉，掛著其實沒有在播音樂的耳機，撇頭看著窗外其實看不到任何景色的夜色。

當年我讀公立高中的學費、電腦以及一些突如其來的開銷，都是父親開口向人借來的。那些年我一直過著「金玉其外，敗絮其中」的生活，使我非常早便開始思考何謂施與受，何謂慷慨與欠缺，以及各種表與裡、內與外、明與暗、精神與物質等諸多辯證。我知道父親從來不去想這些，而我知道凡事想得太多是不行的。

父親開旅行社也不是沒有賺錢過。剛上大學時，父親在東湖租了間超過五十坪的老公寓，房東是一位移民美國的中醫師。客廳很大，作爲辦公室，原本的書房改成父親的工作室。父親睡在主臥室，我睡在一個六七坪大的房間，還有一個也是六七坪大的儲藏室。父親請了一位業務經理和兩位女職員，這樣父親就可以專心跑外場。在父親做得最順手時，明明口碑越來越好，會員人數也累積得不算少了，在業界因爲獨特的品牌形象，算是有些知名度，趙寧一家就是跟著父親到處走的忠實會員。然而，報名活動的人數在某個時間點後急轉直下，且居然有會員要求退費。一段時間後，某個從創始時期就跟著父親到處旅遊的會員看不下去，提醒父親：「注意你請的人！」父親才知道原來問題出在業務經理。業務經理把活動參加者的資料以及公司的檔案都備份走了，在外頭開團，用父親的資源，用更低的價錢提供外行人覺察不到但其實品質下降的行程，並且打電話給會員造謠。

終於知道真相時，父親居然沒有發怒，父親最深刻的情緒應該是詫異與難過，因爲父親人前人後都說這個業務經理學得很快，是可造之材。辭退對方前，父親準備好當月的薪水，又因爲臨時告知對方，怕對方手邊急需用錢，而加給了一個半月的薪水，才請對方不用再來上班了。

好不容易由虧轉盈，卻突然遇到這樣的打擊，加上之後發生的「九二一大地震」重創國內旅遊業，於是，渾身是債的父親終於停止了旅行社。我記得當時並沒有感到不捨，因爲我已經接債主的電話接到詞窮了。我一直知道這對父親是莫大的遺憾，因爲他還有許多想做的事沒有機會完成。但我也一直知道這世界和父親想的不一樣。

那位頭腦很好的業務經理後來開了屬於自己的旅行社。

讀研究所時在報上看到那間小木屋的相關報導，螢火蟲夫妻有團隊了，且有了相對穩定的資金支持，從報上的照片看來，小木屋似乎也不再簡陋了。父親抱著支持年輕創業者的心情，帶著兩輛遊覽車的人特別去採桃太郎番茄的小果園，在二十多年的歲月中做到全縣第一的規模，牆上滿滿的主人受訪的照片。

預料之外的舊地重遊，勾起許多早已不去想它的小事。離園時，人人手上一袋特色農產品，我重重地咬了一口桃太郎番茄，和記憶中的一樣香甜，但不知道爲什麼，我竟吃得淚流滿面。

便當

「你這次回家想吃什麼？」

「可以滷豬腳給我吃嗎？」

「你不是從小就不吃豬腳？」

姑姑沒有記錯，從小挑食的我的確不吃豬腳，但並不代表我不敢吃或不喜歡吃。

小學時，有幾年在父親的同居人的管轄下，喜怒哀樂會自覺地先自我檢查一番。看到餐桌上有喜歡的菜，不夾，因為「那是為了你爸爸煮的。」即便那盤菜剩下了，我還是不會知道是什麼味道，因為「那是煮給你爸爸吃的。」父親當時的同居人是位酒家出身的女子，小時候覺得那位阿姨的年紀好大，現在回想起來，其實當年她約莫三十出頭而已。她濃濃的風塵味，是連當時的我都看得出來的。她有煙嗓，句子永遠是黏膩的，眼睛永遠是睨著的。她走路輕到幾乎沒有聲音，所以我在家很少說話。她極少出門，在家裡卻總是塗深紅色的口紅與指甲油，擦深藍色的眼影，臉上堆著厚厚的香粉，香水味濃到嗆人，讓人感到只要在家，隨時轉頭都會看到她立在自己身後。鞋櫃滿滿都是她的粉紫色棗紅色橘色的各式高跟鞋。她總圍著紫色半透明的絲巾，左手的食指與中指間斜斜地嵌著菸，總是右腳在上，小腿肚緊貼在左小腿的左側，右手的食指和中指勾著透明圓肚低腳酒杯喝白蘭地或威士忌。家裡的冰箱常是空的，但酒櫃裡永遠有幾瓶XO。

阿姨會穿著赴宴的絲質上衣與長裙帶著濃妝在廚房炒

菜，再慢條斯理地一道道端出來，過程中還不時對著手鏡補妝。那畫面像是現代版的《聊齋》。每道餐點的食材與調味完全針對父親的喜好，所有的水果都切成恰好一口的大小，連甘蔗也不例外。父親是不吃隔餐菜的。其實阿姨並沒有禁止我們吃那些剩菜，但她對於剩下的分量記得分毫不差，只要隔天冰箱裡的哪盤菜少了一點，即使只是少一兩口的分量，她都會高分貝地嗔怪：「怎麼又遭了老鼠，這老鼠力大無窮還會開冰箱。」關於那些剩菜，阿姨自己吃不完後，是寧可拿去倒掉，也不會拿給我們吃的。阿姨是個非常有原則的人，而我和姊姊其實也是。

父親不常回家，偶爾回家了，餐桌上滿滿的他愛吃的菜。

「怎麼都不夾菜吃？光吃飯？」

「吃不太下。」

「你呢？也吃不下？」

「大概吧……」

我和姊姊互望一眼，默默低下頭一粒一粒地吃飯。父親是個愛好美食、講究用餐禮儀而食量不大的人，我和姊姊每次都是默默吞著口水，看著父親優雅地細嚼慢嚥。阿姨的胃不好，吃得少，瘦得兩頰凹陷，雙眼突出。父親知道我從小挑食，卻不知道我從小挨餓。

有一天上學前，我不知怎麼從起床開始就一直咳嗽。我知道難得回家的父親此時還在睡，便極力抑制自己壓低音量，但越是壓抑喉嚨就越癢，一邊刷牙一邊咳，一邊換衣服還是一邊咳。主臥室的喇叭鎖突然被旋開，我的心立刻一緊。是阿姨。「你爸爸要我出來看你是不是感冒了？怎麼平常都沒聽你咳嗽，爸爸回家就拚命咳？」我立刻背起書包衝到陽台，套上灰布鞋就奔下樓，跑了幾步才停下來，放膽用力地咳嗽。

某個隆冬的早晨，我和姊姊穿好外套，推開客廳的玻璃門，正要走到陽台穿鞋時，主臥室的喇叭鎖被旋開了，我的心頓時一緊，而這次出來的竟然是父親！前一晚不知幾點才回到家的父親已經穿好西裝、梳好頭、噴好金色圓瓶蓋青綠方瓶的POLO古龍水，一身薰衣草味，在我們面前笑咪咪地拿著車鑰匙晃啊晃，說要送我們上學。我和姊姊坐在黑色賓士轎車後座，感覺自己像是尊貴的小客人。從家裡走到學校，不會超過十五分鐘，父親實在沒有送我們上學的必要。事實上，那次也是父親唯一一次送我們上學。大概所有特別的事都會集中在一天發生，那天阿姨竟然特別幫我們準備了便當。我記得當阿姨從冰箱拿出兩個裝好的鋁製便當盒時，我還想著：糟糕，學期初又沒有繳三十元的蒸飯費，沒有蒸飯牌可以蒸便當嗎？更奇妙的是，父親居然知道我和姊姊破天荒地從家裡帶了便當出門。快到學校時，父親突然靠邊停，右手撐在副駕駛座的靠背，頭往後轉，要我和姊姊把便當拿出來。我和姊姊從書包裡拿出便當盒，父親接過之後，雙手撥開了扣環，一掀開蓋子，父親愣了一秒。我因爲父親的反應忍不住傾前看了看——便當裡頭是白飯，白飯上面是一塊小小的滷豬蹄，光是蹄的硬硬的部分。父親露出一種極其複雜的表情，然後，把便當放在駕駛座與副駕駛座之間的扶手收納盒上，再打開副駕駛座的置物箱，拿出一家頗負盛名的餐廳的保麗龍外帶盒。父親慢條斯理地撕開一雙免洗筷，輕輕地夾起那塊豬蹄，用面紙包好放入塑膠袋中，再將一塊塊烤乳豬、叉燒、油雞和芥藍炒牛肉整整齊齊地鋪在白飯上。在父親專注地鋪排下，本來空蕩蕩的便當變得好豐盛。我仍記得當時極其複雜的心情，也記得當時自己緊緊握拳，在心裡喊著不可以哭，不可以哭，無論如何都不可以在父親面前掉下眼淚。

和父親共度的時間不過十分鐘吧，那十分鐘裡父親僅僅說了：「把便當拿出來。」而我和姊姊則是一句話都沒有。下車時，我和姊姊說了：「謝謝。」

那天，沒有蒸飯牌的我沒有把便當拿去蒸，但吃到的每一口都是溫熱的。

後知後覺

還和父親同住的那些年，常被附近的商家問：「你爸爸是不是非常高，常穿襯衫和西裝？」我總是訝異：「怎麼知道的？」「他是最有禮貌的客人，而你和他長得非常像。」

父親的人生沒有那種可一眼看到底的階段，他走到哪波濤就到哪。但我從未看過父親情緒失控的一刻，連大聲講話都沒有，我甚至也鮮少看到父親露出不悅的表情。父親口才好但不多話，且說話很有分寸，不佔人便宜，不探人隱私也從不講髒話。

在我幼稚園時，因偷櫃檯的零錢而被髮廊員工以現行犯告發，身為老闆的父親立刻停下手邊的工作，走到櫃檯，當著眾人的面抽出腰間繫著的皮帶往我身上抽。「你拿櫃檯的錢做什麼？」「我想買巧克力。」「你想吃巧克力就跟爸爸說一聲，爸爸會給你錢，不可以自己開抽屜拿。」那是我唯一一次挨揍的記憶。

在我小學二年級時，父親改行，轉身成為房車界金牌業務員，從迷你奧斯丁到SAAB到賓士，父親創下到現在還有人記得的銷售紀錄。三十多年前的父親一天就可以輕鬆賺到五位數佣金，因此在酒店一個晚上消費就是五萬元起跳。當然這些都只是聽幫父親付簽帳費的姑姑說的。當年的我更關心的可能是父親的哪一件西裝口袋會有幾枚十元硬幣。

當年家裡多的是印著「全臺銷售冠軍」的錦旗與獎盃，當然還有父親和經銷商、營運處總負責人或其他我不太明白的領域最高層人士的合照。父親年年去歐美日旅遊，全由公司招待。每張照片的父親眼睛都充滿笑意，從眼角到唇角的輪廓，絕對是「意氣風發」的象形字。耶誕節父親會帶我們去鋼琴西餐廳吃一客一千元的火雞特餐，夜裡也會在耶誕襪裡放著神祕禮物。我生日時會買蛋糕回來，禮物由我任選。儘管如此，當年的我總是在心裡偷偷地把那些禮物和大餐的金額加總，換算可折合幾箱泡麵。

國小階段的我無數次地打開父親的衣櫃，翻遍每一件西裝外套與西裝褲子尋找零錢。父親教會我絕對不可以用不正當的方式換得巧克力，但父親從來沒讓我明白不吃飯該怎麼活下去。我一直知道父親有兩個世界：一個是我進不去的世界，另一個是他不想進去的世界。

小學一年級時規定要穿白襯衫藍色吊帶裙的制服，我因為家裡沒有洗衣機而常常穿著斑斑點點的花制服上學。轉學後，新的學校不用穿制服，但我很快地發現穿著尺寸過小且圖案過於幼稚的衣服上學並沒有帶來比較好的評論。小朋友的世界非常赤裸，所有的善意與暴力皆毫不隱藏，百分之百的施與受。

小學五年級時，父親記起女兒年前還沒有買新衣服，帶我和姊姊去中壢唯一一家百貨公司買衣服，專櫃小姐不約而同地拿出各種毛衣讓我試穿，父親陪著女兒一櫃又一櫃地逛著。一上車，父親說話了：「以後買衣服你如果不喜歡，就說『我不喜歡！』不要說『好醜！』人家拿給你，一定是覺得好看才推薦，你不喜歡讓她換別件就好了。」父親講話時沒有看著我，但我從後照鏡中看到父親的眉頭緊緊皺在一起。那件挑了一個多小時才帶回的充滿耶誕氣息的毛衣我再也沒有穿上身過。此後我再也不對任何人的衣服發表任何評論。

我大二那年，有一天父親突然開車來我的住處接我，要我一起去桃園找姊姊。父親在車上習慣聽飛碟電台，當晚也不例外。父親拿出一張喜帖給我。姊姊上車後，父親伸手將廣播聲音轉小，然後轉頭對我們宣布：「我要結婚了。」那之後也許有一兩分鐘，也許有三四分鐘，車裡只有廣播滔滔不絕地說著政治語言就是謊言。「什麼時候？」「下個禮拜。」「那麼快？」「臨時決定的。」「你結婚後還會再生小孩嗎？」「爸爸這輩子有你們兩個就夠了，爸爸不要其他的孩子。」五個月後，我的弟弟出生了。而結婚照更是早就拍好了。

中午辦在女方家附近的餐廳，稍早的迎娶只有我跟去三重，男方給的聘禮是整套金飾——姑姑幫父親買的金耳環、金項鍊與金戒指。那時的姑姑已經沒有錢了，但若姑姑不買，男方就是什麼都沒有給。晚餐辦在我們東湖住處附近的餐廳。父親是獅子會會長，所以男方賓客多半是那些和父親毫無私交的獅友，男方的家人也只有姑姑、姑丈、大伯、姊姊和我。父親很早就去了，所以我們是各自過去的。我和姊姊坐在很後方的一般賓客桌，畢竟新娘才三十歲，二十四歲的姊姊和二十一歲的我在場有著說不出的突兀。好在該桌彼此都不熟稔，沒有人問我和姊姊是誰，同桌者可能更在乎下道菜是什麼。當天我的拋棄式隱形眼鏡不巧用完了，因天冷而懶得特別去買，而戴著只有在家才會戴的黑色粗框眼鏡。我平常幾乎沒有打扮，當天也就沒有像姊姊穿了紅色小禮服還特別去做了頭髮，和平日最不一樣的大概只有姊姊因等得太無聊而隨手幫我綁的麻花辮。當天氣溫特別低，我在深藍色帽T外加了件黑色連帽羽絨背心。父親逐桌敬酒，到我這桌時，面露驚訝，大概是當時正流行大陸劇《劉羅鍋傳奇》，父親聲音一低，皺著眉說：「你怎麼穿得像個羅鍋！」

當時的我還不知道在往後的人生裡，即使是接到前男友的喜帖，都遠不及這次令人困惑不知該不該出現。

當晚我幫忙提父親的老朋友送的嬰兒提籃回家，大概是冷天總讓人思緒變得清晰，我突然明白婚禮隔天父親即使賠錢也堅持出團的新加坡之旅，跟我說是爲了一直跟著他的老會員們辦的，原來是父親的蜜月旅行。

我總是後知後覺。

浲餘錄

東湖路口的老公寓二樓在我們承租前已鋪滿厚厚的灰地毯，我是赤腳踩在地毯上感覺到濕濡時，才驚覺納莉颱風的威力。透過鐵窗看出的世界是下不完的雨，積水已完全淹沒一樓——東湖路成了一條漂浮著各種垃圾的黃褐之河。

那時父親再婚一年多。

雨持續嘩啦嘩啦地下著，在水面與困獸的心裡激起陣陣漣漪。雨終究是會停的，但沒人知道究竟何時會停。對外的電訊聯繫是暢通的，但水電皆停，上完廁所只好暫不沖水，手機電量也得省著用。由於事發突然，平常三餐外食的我們沒有任何儲糧，連幾包餅乾都沒有。家家都開著窗，被困住的人隔空相望，當一條路變成一條河時，對面的人突然變得如此清晰，幾乎連眼角的皺紋與唇邊的法令紋都看得見。在等救援等到昏昏欲睡時，一艘橘紅色橡皮艇突然出現在東湖河上，穿著黑色雨衣的救難人員拿著大聲公喊著我家的住址，「我們就停在門口，跳下來！不要怕！我們會接住你們。」我在窗口大喊：「有鐵窗。出不去！」要攀上那艘舉目所見最踏實的東西，唯一的方法是打開門，從二樓的樓梯間游到一樓，這個大人應該做得到，但一歲多的弟弟該怎麼辦？平常十秒便可走完的樓梯間突然變成一個令人心驚肉跳的水潭。大雨中消防隊員一聲迭一聲地喊，每一秒都被喊得憂煎而漫長。我們終於決定放手一搏，我和父親的妻子盡可能快速地游出去，而父親一手抱著弟弟，另一手緊摀弟弟的鼻子和嘴巴，在水中「走」出去。一浮出公寓一樓的鐵門，立即有兩雙強勁的臂膀將我們拉上橡皮艇，那一刻，真像在演災難片。諾亞方舟又繼續來來回回地救出許多受困的居民，一確定獲救的那一秒，幾乎人人的臉上都掛著淚痕。

終於回到家之後，生活又是我們的了，但已不是原來的。平常沒有往來的住戶會很自然地彼此問候：「家裡還好嗎？」水退後的好一陣子都得在垃圾混著爛泥的氣味中生活，像置身於水溝底部，衣服一沾上那味，累日不散，洗了也沒用。鄰街的商店在稍作整頓後，紛紛進行降價大拍賣，許多泡過水的，但包裝完好的皮包、手機吊飾與玩偶等都下殺三折仍乏人問津，畢竟那氣味實在太難聞了。

月底，在必修課的課堂上，系上的助教突然走了進來，發下一張調查表，要大家傳著填寫關於風災的受損情形。大部分的人都沒填任何字，只瞄一眼就往後傳，因此單子傳得很快，傳到我時，我在「個人財物損失」一欄填上：ＳＹＭ

迪奧50成泡水車，現在每天搭一個半小時的公車上學。在「家中經濟情況」一欄填上：赤貧。之後我就被同學以「赤貧」開玩笑了。沒人知道「赤貧威」當時以爲填了就會拿到補助，因此據實以告。這個世界上，突然陷入急難的人，其實並沒有想像中的少，要遭遇變故也沒有想像中的困難——我曾以爲這不是一件很難理解的事。

大概是十一月吧，註冊組突然打電話來問我是不是要休學？我大驚：「我天天都去學校啊。」「那怎麼沒繳學費呢？」回家問父親，父親低著頭，沉默了一會兒才坦承他沒有錢幫我繳學費，但不知如何向我開口。事出突然，那一學期是註冊組幫我申請急難救助金才解了燃眉之急。

我高一到大三時父親開了一家旅行社，絕大部分的時間是一人公司。父親貸款買了輛遊覽車，在全車噴了當時最先進的車體廣告爲公司宣傳。一九九七年溫妮颱風來襲時，我們住在大湖公園旁，積水高過一公尺，有人拿著桶子捉卡在安全島上的魚。水退了，家中卻仍然停電，父親開遊覽車載我居高臨下地「巡視災情」，還讓我在車上將手機充飽電。納莉颱風重創父親的旅遊事業，幾個月後我就沒看到那輛遊覽車了。

「九二一地震」讓父親開發的幾個備受歡迎的點成爲災區，去不得了，而各種臨時的退房與退團讓父親前債未清舊債又積。納莉颱風後，父親就從旅行社老闆變成平日賣小吃、假日幫別人開遊覽車的司機了。再之後，父親帶著妻小搬到三重中興橋下臨著馬路的大樓內，沒幾個月又搬到對面巷內像是違章建築又像工地倉庫的一樓了。連搬兩次家，從五六十坪搬到不到二十坪再搬到十坪左右，搬到那個根本沒有我的房間的住處，必須用兩個大鐵櫃隔出的空間安下我的床墊時，我也就背著一個背包，拿著一盞檯燈離開家裡了。

姑姑有時會說：「我真佩服你爸爸，能屈能伸的。」

再次有父親的消息時，父親已搬到內江街的一間不到三坪的店面。父親在一樓賣小吃，一家三口就睡在樓上的老舊閣樓。從店內走一架極陡極窄極舊的鐵梯上去，就是父親一家的起居空間了。兩坪左右充滿油煙味的閣樓裡，佔最大面積的是舊舊髒髒的廉價雙人彈簧床，旁邊有一架ㄇ字型的吊衣桿，幾個塑膠透明置物箱，以及一架風扇。沒有別的東西了。擺不下任何其他的東西了。

當時的我剛進研究所，住在校內一學期九千元包水電網路的新落成雙人房宿舍，乾淨明亮有冷氣。我在補習班教課、當家教與研究助理，一個月可輕鬆領到一個普通上班族的薪水，每個月至少花六千到八千元買書。當我看到父親一家三口睡在逼仄到幾乎直不起身又灰暗油膩的空間時，趁父親還在一樓忙，我把背包裡剛領到的家教費連信封都沒拆就直接塞給在椰子床墊上哄孩子睡的阿姨。不知出自一種什麼樣的心理，我居然說：「阿姨我剛領家教費，這錢你自己收起來，不要讓爸爸知道你身上有錢。」我不記得那些年來我有沒有和父親的妻子單獨說過話，但一向堅強而好強的她居然沒有推辭，只是低著頭小小聲地說：「弟弟幼稚園的錢繳不出來，上一間幼稚園催錢催到講話很難聽了，所以只好幫弟弟換幼稚園。有時連吃幾天泡麵，或是全家吃一條吐司。」隔一陣子，我買了學校對面的川菜館的三菜一湯來內江街看他們，和父親一家坐在店門口的紅色塑膠凳，看著拿下白色廚師帽的父親穿著白色廚師服冒著汗吃泛著辣油的五更腸旺，不知怎麼我完全沒有胃口，只是默默地想著：也許可再多接一兩堂課，多賺一點錢，至少讓父親一家不要睡在這個閣樓吧，樓下的油煙全都竄上樓，久了對健康不好……但當時的我怎麼也沒想到那是我最後一次和父親一起吃晚餐。下一次來，看到明明在營業時間卻沒拉起的鐵門，我下意識地知道我再也找不到父親了。

東湖河上的橘紅色橡皮艇畢竟沒有成爲諾亞方舟，沒有戲劇化的毀滅亦沒有了不得的救贖。一個平凡家庭的骨牌被推倒之後，既驚不了天地亦泣不了鬼神，只靜靜地躺成一個蒼涼的圖案。

十年

最後一次見到父親是在一個陽光燦爛的午後，那時陽光的溫度、空氣的濕度、風拂過枝葉晃動所發出的沙沙聲清晰如昨，父親眼角的彎度與嘴角上揚的弧度在流水般悠悠流過的歲月中不曾稍改，如堰底的石刻雕像。

我以爲那就是父親的永恆定格。

父親消失了，但我閉上眼睛，仍然看得見他。他出現在我作重大決策的時刻，我發現自己會暗暗猜想他會作什麼決定，也會不由自主地想著：如果父親在我身邊，一定會帶著笑說：「不試試看怎麼知道最後會發生什麼？你會做得很好的。」我跟不上父親的腳步，當我一猶疑時，步伐就自動地縮小了。父親的野心不算大，但他的心是野的——也許這是父親和我最本質性的差別。

時間之神似乎把指針的運轉速度撥快了許多，一撥一撥日子的飛沙走石豁啦啦地竄前竄後，定睛一看僅存殘影。許多聚散起滅裡，我用力地笑過也痛徹心扉地哭過，跟所有人一樣。日出日落，月升月落，潮起潮落，我長大後才明白這是最令人安心的力量——而人事的骨牌是不可逆的，即便一切只源於一個無心倒塌的瞬間。

眷村改建時，我以爲一紙公文只拆了那棟兩層樓有大庭院的房子。姑姑將那些黑底木牌交給家庭的長子後賃屋而居，從民國三十八年以來被供奉的名字們在幾年內隨著大伯的居無定所而不知去向。然而，「所託非人」的命運豈只發生在祖先牌位上？每個家庭都有一個故事，只是我們家的有比較多條支線罷了，這使我不確定我所參與的究竟是起承轉合的哪一部分？只本能地感到這個故事到現在都還在埋伏筆。

大伯和父親年年都刻意提早幾天掃墓。「大伯來過。你爸也來過。」姑姑指著墓前不同的祭品——菸不離手的大伯帶菸，不抽菸的父親帶花。加上姑姑帶來的，小小的墓園竟出現三把鐮刀，兩把發著簇簇新的初脫鞘的光。白色塑膠袋印有香鋪的地址，「這包是你爸買的。」循著店址問了店家，店家對高大的父親頗有印象，「他一開口就說要買一千元的紙錢。」「這是你爸的說話方式。」

聞著尚有香氣的百合，我們都知道那只能是父親帶來的，因爲大伯中風了。

前年，依舊是清明節近午，墓地的雜草與叢生的枝葉已沒膝。姑姑用鐮刀一抓一砍地劈出一條路，冷不勝防地跌了一跤，令人不安的氣息如影隨形。烈日當頭，揮舞著鐮刀的姑姑一身都是汗，但姑姑從來不要我幫忙。刈去蔓草與枝條，把墓園掃乾淨，用水淋濕抹布後擰乾細細地擦拭墓碑，再擺上鮮花與水果。姑姑在墓前和她的父母說話了，短短幾句報告近況及祈求父母保佑子女平安的話，年年都是講到哽咽。此岸之人生，實難。沒看到先被供奉著的祭品，我本能地迴避繼續想下去，但姑姑一定會想到所有負面的事，畢竟這些年來這個家發生的都不是令人期待的。最令人懸心的是答案必須在整整一年後才會稍有眉目。

去年的清明節，遠遠看到墓前雜草及膝，心就一沉。那時我才明白雖然未通音訊，但我不擔心父親，是因爲父親以他的方式報了平安。每個人都只能活一次，而父親讓我覺得他是例外。父親像是電玩裡的人物，不論遇到什麼怪物或關卡，即便掉落深淵，按個鈕又可重新再來。姑姑清理完之後，再度和她的父母精簡地報告家人近況，並祈求父母保佑健康平安，當然也再度落淚。分崩離析的家裡事是不能想的，在時間的軸上無論往前或往後，每想一樁事，都像踩在一根釘上。鼻腔滿是焚燒雜草與紙錢的氣味，附近的人都離開了，烈日毫無遮蔽地曬得人頭昏。只要等墓碑前的那支菸燒完就可以離開了，再一下下就可以了，這麼想著時，恍惚間看到上坡有人走近，在些微變形的空氣旋中走近，我下意識地知道那人一定是父親。

那當然是父親，高大的身形輪廓與行走姿勢是不可能錯認的。披著黃燦燦的陽光，父親瞇著眼微笑著朝我們走來。定睛一看，後頭還有他的妻子及兒子。戲曲小說裡那麼多的久別重逢都由「巧遇」來，竟是真的——都說人生如戲，這幕堪稱神來之筆。亡者招來了生者，墓地成了家——家在哪裡？在你愛的人和愛你的人彼此凝望的眼神裡，哪裡有這樣的眼神，哪裡就是你的家。父親和他的妻的外型沒有明顯的改變，若非旁邊立著一百八十五公分的少年，我幾乎要忘了在記憶的淡出與淡入中滄海已成桑田。我和姑姑同時仰頭，帶著微笑示意。父親走到我身邊時，我正要開口，父親把我拉進他的懷裡。我有好多好多話想和父親說，但此刻一個字也說不出口，因爲我怕一張口，父親便會知道我哭了。這次的擁抱，是我記憶所及和父親的第二次擁抱，但我恐怕已經記不清楚父親擁抱我的溫度了。沒有哭聲，但鼻涕已流到嘴唇，我沒有拭去，因爲不想鬆開環抱父親的手。父親低聲地說：「這輩子有今天就夠了。」我穿的衣服材質太厚，背後全是汗，父親的妻子說：「有什麼話回家再好好說吧，太陽直曬，怕中暑。」父親放開了我，一手仍搭在我的肩上。

回到姑姑的賃居處，姑姑拿出準備好的焗奶油通心粉，父親吃得頭都抬不起來。父親穿著白襯衫與黑背心，胸前別了個徽章，搭的是灰黑色西裝褲與黑皮鞋。父親說他在二線城市買了兩套房子，說他和他的兒子在學開飛機，說他的兒子開飛機很有天分。父親說客戶本來要送他 iPhone 但他堅持自己花錢買，父親說要努力再拚個幾年。父親說痛風一直沒好，幾個月就需要補充常備藥帶在身邊。父親說他的兒子在學校一直是風雲人物，父親要姑姑教他做義大利麵的白醬……父親沒有問我這些年過得如何？住在哪裡？在哪裡工作？結婚了嗎？坐在對面的我只是盯著父親，連眨眼都捨不得，同時默默在心裡複誦他說的每一句話。

父親要去臺北探望不良於行的大伯，我們坐在父親租來的休旅車上，一路上姑姑絮絮叨叨著這些日子的風風雨雨，我知道父親沒有專心聽，因爲我知道我們想的是一樣的。副駕駛座上的我瞥了一眼時速表，之後在後照鏡裡和父親四目相接。過了一會兒，傳來姑姑的聲音：「開高速公路怎麼開那麼慢？」

父親消失前，在他借錢買來的酒紅色二手敞篷車上若有所思地對我說：「我最懷念你高中時每天開車載你上學的時光。」當年的我沒有接話，但非常明白父親懷念的是什麼，只是，當時的我怎麼也沒想到——再次與父親同車，那雙後照鏡裡的眼睛已老了十年。

訪客

同事急忙奔來：「快回辦公室！你爸爸在等你！」

本來在走廊上聊天的我不知該帶著什麼心情與表情走向父親。父親總是突然消失，又突然出現，彷彿一切都是天經地義。聽說在我兩三歲時，母親曾帶我去算命，得到「這孩子和父母的緣分很淺」的結論。我不太相信算命師，但我相信許多無法解釋的事情，更相信許多事情沒有答案。人人說我看得透想得開，但我從不認爲那是值得自豪的人格特質。

坐在萊姆黃沙發上的父親戴著棒球帽，著棒球外套、休閒長褲與球鞋。我沒看過他這樣的打扮。他似乎覺得有解釋的必要：「弟弟要我不要老是一身西裝。」不知怎的我卻一眼看到父親下垂的眼角。「威寧，你還好嗎？剛剛你同事說你前陣子身體出了點問題。」我說：「我們去樓下，有間會客室。」想問父親要不要喝點東西，但終究沒有說出口。幾乎每隔兩三週便有訪客，因此我的辦公桌上有許多馬克杯和茶包，訪客來時，我的第一句話通常就是問「喝杯茶嗎？」有時問都沒問就自己拿著杯子茶包走向飲水機了。

從等電梯到走到會客室的兩分鐘變得異樣漫長。我一直想著：怎麼偏偏沒有倒杯茶給父親呢？而且，就記憶所及，父親是從不叫我「威寧」的。

父親脫下棒球帽，鬢角的髮根是白的。他似乎覺得有解釋的必要：「昨天回來，剛送弟弟去上學，過來桃源街吃牛肉麵，想著你就在附近，但沒有你的電話號碼，就直接過來了。」父親說：「最近生意不好做，我做得算不錯，只是站一整天實在太累……」父親說：「我大概再過幾年就回來了。」父親說弟弟愛開車，「每次回來都讓弟弟租車，然後全家去玩個幾天。」「弟弟喜歡英文，英文不錯，自己轉到現在這間學校，讀夜間部，白天可以上班。」父親講話居然完全沒有停頓，但父親一直不是個多話的人，至少聽他講話時我從未想偷瞥手錶；更令我詫異的是我居然有點兒分心，不時想著：他應該口渴了吧，剛吃完牛肉麵，今天有點熱。我不該帶父親來地下室的。但我竟找不到空檔插話。

將近一個小時後，父親終於停止了。邊拿起帽子邊說：「差不多要走了，後天會去掃墓。」我說：「姑姑和我清明節會去掃墓，差一天。」父親立即表示他改期，留下一句「墓地見。」倏地起身。我送父親到大門口，父親聽著周遭的喧嚷聲，突然說了一句：「以前常常載你來。」我回：「一切都沒變。」我可以感覺得到父親和我同時頓了一下，然後由我代表說出：「但也變了很多。」

隔天我先到桃園的姑姑家，姑姑說她膝蓋很痛，過幾天才能去墓地，要我先跟父親一家去掃墓。「你爸說他幾點到？」「不知道，他只說墓地見。」姑姑皺著眉頭：「你爸也是！什麼墓地見，多不吉利！這話只有你爸會這樣說！」姑姑堅持帶我搭計程車把我送到墓園門口，再自己慢慢走去站牌搭公車回家。正想著要不要先到爺爺奶奶的墓碑前等父親時，突然看到一個熟悉的側影出現在五步遠的地方——我居然巧遇正要去買鮮花的父親。

坐進租來的車的副駕駛座，彎進馬路的另一頭買花，那裡離小時候住的眷村步行僅需十分鐘，但眼前的一切變得好陌生。眷村改建，住戶早已遷居，當地幾乎沒有店家了。很久以前那裡曾有個熱鬧的黃昏市場，攤販與客人都是上了年紀的人，兩旁的店家也幾乎都是當地居民，數十年下來彼此都是熟知對方家底的。但那些人都不見了。父親下車後不知過了多久才從灰牆後突然現身。從他隱沒在灰牆後到再出現，即使只是十分鐘我的感覺也像是十小時、十個月甚至十年。父親的前方像有個黑洞，吞噬著包括時間的一切。

當父親拿著一束不新鮮的百合站在墓碑前時，墓地的枯枝敗葉已被弟弟和父親的妻子清走，綠色大理石檯面也被清水沖過。父親帶領妻子與一女一兒端正站好，向他的父母說話。父親說得很小聲很小聲，但我知道他仍持續說著，直到他的肩膀一抽一抽。他的妻拍拍他的背，遞上面紙。我無法見到童年時的父親，但直覺父親當下的背影，一定和他小時候做錯事時哭泣的背影一樣。

父親說想約姊姊出來，於是我們從大溪驅車到桃園市區。這次我逕自坐到父親後方的座位，弟弟則在副駕駛座。父親聽從弟弟的建議打開車上的導航——明明姊姊特地約了父親一定知道的地點——離父親以前開的房屋仲介公司步行約十分鐘，就在縣政府旁。父親駛入一條四周都是菜園的鄉間小路。父親似乎覺得有解釋的必要：「實在太久沒來了。」從我小學二年級到五年級，父親在桃園市區賣車。從迷你奧斯丁到SAAB到賓士，這位業績全臺第一的銷售員對桃園的大街小巷是閉著眼睛都能帶路的。我小學六年級時，父親在縣政府旁開了間房屋仲介公司，我還記得我喜歡跟父親在客廳一起在黃厚紙板上用黑字麥克筆寫有個大大的「售」字的屋訊看板，寫好後和父親沿著馬路合力用鐵絲一一懸掛在電線桿上。時間長河讓父親泅著泅著成了浦島太郎，也讓父親成爲一位異鄉人。我突然覺得眼前的這人好陌生，且心知肚明這異樣的感覺也許不是起因於父親在曾經最熟悉的地方迷路。

姊姊跟她的兒子在法式下午茶店等了我們許久。父親提議買個遙控車給他兩年多沒見的外孫，姊姊說小孩子的玩具夠多了，不必再買了。但父親堅持，姊姊只好說附近有間家樂福。在姊姊帶小孩去洗手間時，我去逛運動用品區，回來時瞥見父親和他的妻子的側影，父親的妻子立刻將勾著父親臂膀的手放下，然後對我有點羞赧地微微一笑。

父親把車開到姊夫家位於交流道旁的馬路口。姊姊帶她的兒子下車，對我揮揮手，習慣性的那句「回到臺北傳個簡訊給我」還沒說出口，父親便示意我下車。我和姊姊同時極力壓抑自己露出詫異的表情。父親就這樣開走了，似乎不覺得有解釋的必要。姊姊默默地帶我走到客運站，看我搭上回臺北的公車才向我揮手道別。

從桃園市區回到臺北應該恰恰一個小時，但我的時間感卻極度混淆，大概是高速公路上的路燈整排突然亮起，隨著車行的速度不快不慢地一一映出過往的各種畫面，看得我有點暈，讓我在下車的那一瞬間，突然一陣反胃，好在畢竟沒有嘔了出來——即使知道嘔了出來就會舒服多了。

爸爸去哪兒

新冠病毒肆虐，讓在疫情重災區的父親不得不聽姑姑的勸，結束生意回到臺灣。在異鄉闖蕩十年的父親空手而歸。

父親說兩套房子都沒有了。那兩套房沒人見過，但總之是沒有了。我們是願意相信的，至少我是，但這次我沒有被激起任何情緒，畢竟在父親的來來去去中，我也已經四十歲了。過往的人生大約每十年都會產生一個明確的變動，主要以父親的來去爲分界，而這次我幾乎沒受到任何影響。

這表示我確確實實地長大了，無論在哪一方面。

自主隔離兩週後，父親去找以前賣車的同事，以三萬元買輛手搖窗戶的N手SAAB，從東門國小開始，到懷生國中、中興高中、財神酒店，到所有曾經待過的地方。父親說起他去找三十幾年前的同事，不禁唏噓：「他竟然變得那麼老！」姑姑立刻接：「你只看到人家老，也不想想自己幾歲了。」父親沒有接話。遇到這種話題，我從來沒有見過父親接話。

我問父親：「你有去吳興街嗎？」父親點點頭，但顯然感到詫異——那是我兩歲前的住處，姑姑幫忙租下的公寓，在洗衣店的二樓。這幾年在夏威夷聽了母系家族說了好多從前的事，看了好多從前的照片，像是在補課一般。我發現當我知道的越多，就越想拼湊出原貌，尤其是在我四歲以前的時光，因爲那是我的人生中唯一一段父母並行的歲月。我希望父親說點以前的事，尤其是關於我的母親的，可惜父親的妻兒就在客廳的另一側，即便父親突然想到什麼，恐怕也不是一個適合分享的時機吧。至少我是這樣去理解父親的沉默。

父親終究沒有說出關於前妻的任何事。

我問父親：「財神酒店是你的第一份工作嗎？」父親立即點點頭，但顯然感到訝異。父親開始緬懷財神酒店過去的風光，而在姑姑說了個人名後，父親立刻為酒店老闆辯護：「他的人實在是非常好的，對我們都非常客氣。」姑姑又插話了：「你看誰都非常好，我這輩子還沒聽你說誰不好，好像全世界都是好人！都上新聞的，影響多少人，你還要幫他講話。」父親沒有接話。而我確實知道從父親的眼裡望出去，沒有一個人是壞人，即使是公認的壞人，父親也總認為那背後一定有個故事，在故事之外的人不宜妄自評斷。父親過去當賓士和度假村的主管、開房屋仲介公司與開旅行社時，誰向父親打小報告，一定被開除，因為父親最討厭在背後道人是非的人。父親總是在肯定別人、讚美別人，父親看到的永遠是別人的優點。可能是因爲這樣，父親對外人總是非常好，總是怕虧待別人。父親一生怕虧待的永遠是外人。

夏威夷的Tina阿姨告訴我父親在財神酒店上班時認識古龍，古龍要父親去幫他開車，我才恍然大悟爲什麼我幼年常去古龍家玩。我記得古龍讓我戴著過大的紅色拳擊手套教我打拳擊的情景，也記得父親在片場留下的和林青霞與秦漢的合照。我記得這些瑣事，但始終不解爲何曾住過五股的一對老夫婦家，非親非故的，可能有半年到一年，且整體的回憶相當不愉快，那段回憶裡不僅沒有母親、也沒有父親和姑姑。我在夏威夷時問過所有人，但沒有人知道，畢竟母親當時已移民了。本來以爲這個疑惑將伴隨我一生，沒想到竟然還有機會見到父親！我把握機會問了，畢竟下次見到父親不知是什麼時候。「爲什麼我和妞妞小時候住過五股呢？」父親的眼睛瞪得好大，顯然他不能理解爲什麼我會記得這件事。「那時我在希爾頓，每天把你們帶去上班。常常出差，離開飯店時就把你們鎖在房裡。同事看見我一直朝你們房間的方向看，就說他的爸媽退休了，教我把你們放在五股。」父親鄭重地說：「我在樓下時也一直朝你們待的房間看。那是一種不自覺的身體反應。我會擔心你們。」父親的眼眶似乎有點泛紅，很難想像他說的是將近四十年前的情景。那一瞬間，我相信父親應該激起一股滿滿的自己也不明白的什麼，至少我是這樣理解的。姑姑接話了：「你後來也沒給人家錢，妞妞就帶著威威坐計程車來天母找我，說被打。難怪人家打小孩。該付的就要付給人家啊……」父親沒有接話，遇到這種話題，我從來沒有見過父親接話。

我問了父親關於他高中打籃球的事情，父親穿著深灰色西裝褲的臀部立刻彈起，在狹小的客廳內對著吊燈立定跳投，同時發出「刷——」的聲音，彷彿真進了籃。父親的側臉展現得意的弧度。那一刻，我清楚地感知他回到十七歲，又是全場的目光焦點、女孩歡呼的對象，一下場就會有女孩等著遞上毛巾和水瓶。當我注意到父親和我講話時眼角餘光總是瞄向坐在沙發上另一側的弟弟，頓時不知是爲父親還是爲自己感到悲哀。弟弟一貫沉浸在手機裡社群網站的世界，頭連抬都沒有抬起來。從頭到尾專心聽他講話的，只有我和姑姑，像十年前一樣，像二十年前一樣，也像三十年前一樣。

這些年我有好多問題想問父親，因爲許多謎團全世界只有他能回答；但在他的妻兒面前，許多重要的問題我都得硬生生地吞回去。事實上，只要有父親的妻兒在場，全部人都立刻成爲彼此的外人，誰也進不去誰的世界，空氣中滿滿的大寫的尷尬，像是尺寸不合的義肢，偏偏要接上，接上後還要端湯灑掃，產生木偶般不自然的擺動，伴隨著接榫處的嘎嘎作響。父親總是眼神閃爍且不自覺地注意弟弟是否有接收到自己傳出的訊息，讓我數度張口又數度放棄。就這樣吧，至少我已經解開了五股之謎。

父親要回臺北了，要我跟著他們的車一起回去。這次我本能地搖頭，有了上次在上高速公路前被拋下車的經驗，我已明白有時客套話是不分外人和家人的，又或者兩者的分隔線僅僅是虛線。這次我已不會再被這種事激起任何感受了，只是我不能確定這樣算不算是一種進步。

父親一家回臺北了。通常父親一家在姑姑家不會待超過兩個小時，彷彿他仍有很多行程要跑。疲累感在父親一離開立刻襲上全身，我相信姑姑也是。姑姑皺著眉說年前父親剛回臺灣時，她很擔心父親會想不開，所以常打電話給他，約他見面，想盡辦法幫他找錢……姑姑說著說著眼眶泛紅，那瞬間我相信姑姑應該激起一股滿滿的自己也說不清的什麼……我居然爆出不合時宜的笑聲，姑姑幾乎是帶著責備地看了我一眼，但畢竟沒有說出口。我相信姑姑心裡一定在罵：「我說的是你的爸爸啊，你怎麼笑得出來？你不擔心他嗎？」我只是訝異姑姑居然如此不了解父親，但畢竟沒有說出口。

無論發生了什麼事，無論別人怎麼看待他，父親永遠是自在而快樂的。儘管在被錢逼得很窘迫的時刻，他都認爲不值得爲錢擔憂，不過就是錢罷了。別和父親談未來，因爲未來就是還沒來；別和父親提永遠，因爲永遠實在太遙遠。父親只能活在當下，他真心相信：只要他想，就沒有什麼事情難得了他。父親說要再出去拚拚看。年齡和金錢一樣，對父親來說始終只是個數字。

父親是永遠的彼德潘。

時光電影院

當我意識到我會本能地避開進場整理環境的工作人員，我才明白：電影並非結束在放映廳燈大明的一刻，而是清潔人員不帶任何表情地進場，將環境整理得彷彿方才什麼都沒發生，這才真正意味著：曲終人散。

西門町人潮聚集的街角有家臺式日本料理店，門口橫著白鐵攤車，攤車上一半是關東煮，另一半則是冷藏櫃。方形黑輪鍋滿滿地浸著高麗菜捲、海帶肉捲、油豆腐、白蘿蔔、竹輪和魚漿水煮蛋。鍋旁有醬汁桶和高高疊起的白底紅花滾邊小圓瓷盤，在關東煮與客人之間，除了筷筒還有裝著六七條肥厚魚卵的小盆。冷藏櫃裡雜亂堆著不鏽鋼托盤，盛著尙未切片的生魚塊、魚頭、蝦、花枝和壽司材料。中年平頭男子在聽到客人說出「大份」或「小份」後，微微頷首便拿著特長筷子夾出隨意搭配的關東煮，再用同一雙筷子切出不規則塊狀，淋上褐色的醬汁，端給客人。檯面灑著湯汁，醬汁桶外滿滿的溢出的醬汁，但坐在冒著白煙的前方座位時，覺得沒有比這再應當的事了。

這家店我來過許多次，但我不知道這家店到底有賣多少品項，因爲我總是點關東煮和魚卵沙拉。

剛上國一那年，因爲父親欠下的債務而亡命天涯，不安感化爲自己的影子，無論照的是日光抑或月光，不必回頭也知道它就在那兒。逸出生命常軌那年，像是在電影院裡突然聽到放映機發出嘶嘶嘶的聲音，在感覺到彷彿有焦味傳來時，銀幕上已從《獅子王》換成《古惑仔》。

那年我來了初經，長了第一根白頭髮。轉廣播頻道時發出的沙沙聲，總讓我不由自主地想起那段歲月。

沙沙沙的那段時間的後半，我們被迫和父親分開，是姑姑無條件地收留了姊姊和我——往後被潑漆被砸玻璃與午夜的電話前前後後不超過兩年，但命運的導演將鏡頭直推到人臉前，連有幾根睫毛都數得清楚。

當父親的部分終於不必再以字卡與畫外音的形式出現，我和父親卻終究沒能活成小津安二郎的長鏡頭。和父親在一起的日子，總是一連串的蒙太奇，下接淡出——而我始終來不及參與淡出的部分。

父親還沒開旅行社時，用他的二手ＢＭＷ開白牌計程車。那半年我們住在新生北路三段的大樓裡，父親分租了一間帶著迷你陽台的套房。房內僅能容下一張雙人床、一張桌子，兩張椅子，一臺電視。衣服疊在透明塑膠收納箱裡，放在陽台。那棟樓全隔成套房出租，住戶幾無交集，若有相遇的一刻，可能是假日時我睡到自然醒後出門，偶遇正拿著鑰匙開門的渾身混雜著菸味、香水味與酒氣的濃妝女子。我從小見多了在風塵中打滾的女子，而鄰居散發的氣息是我熟悉的。

晴光市場後面有個商圈，但父親總會在福利麵包門口稍停，讓我進去買沙拉麵包和福樂巧克力牛奶再繼續送我上學。那天父親特別早一點出門，開車前先帶我去晴光商圈吃早餐。那是我第一次吃到米粉湯。父親還點了油豆腐和肝連，除了米粉湯裡的油蔥讓我忍不住用鐵匙挑出來之外，這樣的臺式古早味也很有意思。那天早晨若有什麼突兀的，大概就是父親居然帶我吃路邊攤，以及稍晚坐在我身旁的客人了。在米粉湯送上沒多久，有對男女坐在我身邊，我知道他們應該不是夫妻，可能是因爲女子的妝容和穿著，或是指甲油的顏色與皮包的款式。不過，當然也可能是因爲男子吃米粉湯時一手拿著湯匙另一手則不時在女子的臀部遊走。

父親顯然認爲那不是適合少女的用餐環境，明明小菜還沒吃完，父親就示意我起身。那可能是我高中時期唯一一次和父親在外共進早餐，但就像我和父親共度的多數時光一樣，總是戛然而止。只要父親一出現，再尋常的旋律也會出現變奏，永遠是猝不及防，沒有徵兆地就這樣開始了，不需要給出任何理由就這樣結束了，有時甚至連沙沙沙沙的聲音都還沒有出現，就進下一個鏡頭了。

和父親坐在攤車前用餐的記憶，恐怕只剩下西門町那家臺式日本料理店了。輟學的那年，父親帶我去了幾次，父親爲不敢吃生魚片的我點了一份關東煮和魚卵沙拉。那可能是我人生中第一次吃這兩樣食物，寒冬裡坐在冒著熱氣的關東煮鍋前，身體比胃先暖了起來。那一年，我感到溫暖的瞬間，都發生在極其簡單的場景，在極其偶然的時刻。我記得當時吃的白蘿蔔和高麗菜非常甜。高中時因爲地緣關係，父親也帶我去了好幾次，都是點一樣的東西。我注意到對人沒定性的父親對於食物異常忠實，他總去一樣的店，點一樣的品項，配同樣的佐料，甚至有特別習慣的座位。只是他從未在固定的時間出現在固定的地方。

在我進入職場的第一年，父親毫無預警地消失了。只是，我不必再爲此改變住的地方，也不必再爲此換電話，更不必爲此改名換姓消失在既定的人際網絡中了。那可能是我第一次產生「長大」的感覺。很鄭重，但不沉重，畢竟在父親消失的前幾年，我和父親已是兩條平行線；在父親消失之後，我也常常忘記我已經找不到他了。若一個人的存在可化約爲一條線，父親的絕對是條虛線。

我工作的地方和住處離西門町很近。父親失蹤後，我騎單車經過一個轉角，發現那間臺式日本料理店居然還在。賣關東煮的攤車檯面依舊濕漉漉，醬汁桶外依舊有溢出的醬，彷彿沒有比這再應當的事。我還看到了那個裝滿魚卵的不鏽鋼盆。我一時懷舊了起來，坐在攤車前，吃著父親總為我點的食物。我饒富興味地看著眼前的平頭中年男子用兩支長長的木筷子分割油豆腐、白蘿蔔和高麗菜捲，彷彿看著龍祥電影台重播了無數次的老電影。我自己點餐，用自己賺的錢付帳，卻彷彿感到父親就坐在我的身邊。

後來我一個月至少會去一兩次，彷彿在意料之外卻當然是在情理之中的，我始終沒有遇見父親。就這樣過了十個春夏秋冬，中間沒有父親的任何消息。而我在經歷了無數有驚無險的波濤之後，畢竟也習慣了成為一個大人。只是，我發現自己總是想著父親在我這個年齡時，他在做什麼，而我又在做什麼。我就這樣在腦海中投映著虛擬父親，十年中從未下檔。

有一次，一位抱著馬爾濟斯的女子坐在我身邊，我突然想起我曾經養過長得一模一樣的狗。那年父親和我窩在住戶複雜的大樓裡的分租套房，父親突然帶回一隻純白的馬爾濟斯——約莫四個手掌大的牠蜷在寶藍色的拱型鐵籠裡，睜著圓圓大大黑黑亮亮的眼睛。我已經忘了那隻馬爾濟斯被我們喚成什麼名字，只記得那隻狗唯有在第一個月擁有漂亮的白色的毛。高一下學期時我們又搬家了，那隻狗沒有跟著我們去東湖。我已記不得牠後來去了哪裡，也許是因爲父親沒有告訴我牠是從哪裡來的，也就沒有必要告訴我後來怎麼了。

在父親重新浮出地表的那週，我特別去坐在那家關東煮的攤頭，突然想起父親初次帶我來這家店時，他也是三十六歲。我夾起煮透的白蘿蔔，一口咬了下去，一如往常地滲出甜甜的汁液，不小心地滴到盤子外頭，我抱歉地向平頭男子點頭示意。平頭男子沒有任何反應，這樣的畫面，他看多了。

他知道桌面總是會髒的，擦一擦就是了。

當代名家

彼岸

2022年5月初版　　定價：新臺幣320元
2023年9月初版第三刷

著　　者　田威寧
叢書編輯　董柏廷
校　　對　吳美滿
　　　　　彭自強
內文排版　烏石設計
封面設計　兒日

出版者　聯經出版事業股份有限公司
地址　新北市汐止區大同路一段369號1樓
叢書編輯電話　(02)86925588轉5305
台北聯經書房　台北市新生南路三段94號
電話　(02)23620308
郵政劃撥帳戶第0100559-3號
郵撥電話　(02)23620308
印刷者　文聯彩色製版印刷有限公司
總經銷　聯合發行股份有限公司
發行所　新北市新店區寶橋路235巷6弄6號2樓
電話　(02)29178022

副總編輯　陳逸華
總編輯　涂豐恩
總經理　陳芝宇
社長　羅國俊
發行人　林載爵

行政院新聞局出版事業登記證局版臺業字第0130號

ISBN 978-957-08-6318-5 (平裝)
聯經網址：www.linkingbooks.com.tw
電子信箱：linking@udngroup.com

國家圖書館出版品預行編目資料

彼岸/田威寧著．初版．新北市．聯經．2022年5月．
256面．14.8×21公分（當代名家）
ISBN　978-957-08-6318-5（平裝）
[2023年9月初版第三刷]

863.55　　111006832